NICOLE SIMON

El Fantasma de Lakeside Woods

Una Historia de Fantasmas

Contents

Capítulo 1: El bosque

Fue el sonido agudo y quejumbroso lo que la despertó. Sarah se dio la vuelta, aún medio dormida, e intentó taparse los oídos. El sonido se hizo más fuerte y, ya completamente despierta, se sentó en la cama. Había sombras oscuras en las esquinas de la habitación y, por un momento, se olvidó de dónde estaba. Sintió que el viejo y familiar pánico regresaba, oprimiéndole la garganta como solía hacerlo Josh durante sus episodios de ira. En su estado medio dormida, casi pensó que él seguía en la cama a su lado. Estiró la mano y se echó hacia atrás, satisfecha al comprobar que la cama de al lado estaba vacía.

Buddy ladró al lado de la cama y ella se despertó. Cuando recordó dónde estaba, el pánico se desvaneció. Se había mudado a la cabaña al borde del bosque ese mismo día, y por eso había cajas apiladas por todo el dormitorio. Eran las cajas las que habían creado las sombras oscuras a los pies de su cama. Estaba demasiado cansada para desembalar todo y las había dejado allí, con la intención de ponerse a trabajar al día siguiente. La mudanza estaba muy lejos de su antigua casa, así que sus muebles y otras pertenencias no habían llegado a la cabaña hasta última hora de la tarde.

Buddy, su labrador, se había portado bien durante el largo trayecto hasta allí; había dormido la mayor parte del camino y sólo ladró una vez cuando tuvo que orinar. Había acabado almorzando en un merendero mientras esperaba a que Buddy corriera a hacer sus necesidades.

Sarah había salido de su antigua casa a primera hora de la mañana anterior, después de que Josh se hubiera ido a trabajar. Él no sabía que ella llevaba tiempo planeando dejarle. Habían ido a terapia un par de veces, pero la única conclusión a la que ella había llegado era que necesitaba alejarse de él. La terapeuta apoyaba su decisión cuando la veía a solas.

Planear su huida y comprar la casa le había llevado varios meses, y sólo había podido hacerlo gracias al ánimo y el apoyo que había recibido de la terapeuta. La Sra. Laing le había dicho que Josh nunca cambiaría y que tenía que escapar para salvar su cordura y su propia vida. Su huida sólo fue posible porque sus dos libros anteriores se habían vendido bien, y Josh no sabía que había escondido una importante cantidad de dinero en una cuenta bancaria secreta. Él siempre se quejaba de tener que pagar sus gastos, ya que ella era una escritora conocida y debería estar forrándose. Siempre sostenía que si ella no ganaba dinero, algo estaba haciendo mal. En una ocasión, Josh llegó a sugerir que quizá sus libros eran demasiado intelectuales y a la gente le parecían aburridos. Dijo que tenía que escribir libros más violentos con mucho sexo. Así era Josh. Últimamente, ella no sabía qué había visto en él en primer lugar. Él había sido guapo, y ella tenía baja autoestima. Estaba agradecida de que un hombre guapo se interesara por ella. Sin embargo, pronto descubrió que no tenían mucho en común y que a él no le interesaba lo que ella tenía que decir en la vida real ni en sus libros.

Cuando empezaron la terapia, tenía la esperanza de que las cosas mejoraran entre ella y Josh, pero resultó que la Sra. Laing tenía razón. Todavía tenía moratones en el cuerpo de donde Josh la había golpeado hacía dos días porque ella había dicho algo inocente que lo había ofendido de alguna manera. Buddy la había salvado. Josh solía encerrar a Buddy fuera cuando estaba en casa, pero esta vez el perro había estado en la cocina, desayunando. Debió de oír los gritos, porque corrió en su ayuda, gruñendo, y se lanzó contra Josh, tirándolo al suelo. Josh, que tenía miedo a los perros, se había puesto histérico y trató de repeler al furioso perro dándole una bofetada. Afortunadamente para él, el perro sólo le había hecho pedazos la camisa.

Después de que Sarah consiguiera apartar a Buddy de Josh, éste amenazó con sacrificar al perro, ya que le había atacado. Estaba convencido de que el perro aún le arrancaría la garganta. Eso le dio la motivación que necesitaba para poner en marcha su plan de huida.

Buddy ladró de nuevo, y eso la obligó a centrarse en su realidad presente. El sonido no había vuelto, así que era probable que hubiera formado parte de su sueño. Tal vez su mente sobrecargada había creado el sonido. La terapeuta le había dicho que podía tener recuerdos intrusivos y pesadillas. Le había recetado tranquilizantes, pero Sarah nunca los había tomado.

Sarah palmeó la cama.

"Hola, chico. ¿Quién es un buen chico?"

El labrador sonrió y saltó a la cama junto a ella, donde apoyó su gran cabeza en su regazo. Ella le acarició la cabeza y él suspiró satisfecho.

"Lo siento, chico, te cocinaré el pollo mañana. Sé que no te gustan las bolitas".

Ella estaba demasiado cansada para cocinarle el pollo al perro después del largo día que había tenido, y él frunció el ceño con desaprobación cuando ella le puso el cuenco de bolitas delante.

Estaba a punto de volver a dormir con Buddy a su lado cuando el aullido agudo llegó de nuevo desde el bosque. Le puso los pelos de punta y se estremeció. Probablemente había alguna explicación natural, pero ella tenía una imaginación hiperactiva y se imaginaba todo tipo de criaturas horribles. Buddy respondió al lamento con su propio gemido profundo, que se convirtió en gruñido. Sarah abrazó al perro. Tenía un nudo en el estómago y empezaba a sentirse como después de una pelea con Josh: agitada y temblorosa.

Sarah y Buddy se sentaron acurrucados juntos hasta que el aullido se calmó una vez más. ¿Podría un animal herido estar haciendo ese sonido?

Había trabajado como voluntaria en el zoo, pero nunca había oído a ningún animal hacer un sonido parecido. Le angustiaba que un animal moribundo pudiera necesitar su ayuda, pero también temía ponerse en peligro.

Buddy aulló de nuevo, y ella no pudo distinguir si era un aullido de simpatía o si simplemente estaba asustado. Se levantó y retiró la manta que había colocado contra la ventana. Aún no había tenido tiempo de colgar cortinas. El bosque era negro como la tinta y oscuro, y por un momento no pudo respirar. No estaba acostumbrada a esta espeluznante oscuridad, como la llamaría Josh. ¿Por qué seguía pensando en Josh? No quería volver a verle. Si alguna vez la encontraba, probablemente la mataría por dejarlo. Podía imaginarse su cara y su violenta reacción cuando se diera cuenta de que se había ido. Tenía tendencia a tirar y patear cosas. A menudo tenían ventanas rotas, y una vez había roto su caro televisor tirándole una planta. Ella había pagado el televisor, y él se enfadó aún más con ella cuando se negó a reponerlo.

Sólo le había dicho a Louise, su agente literaria, adónde había ido. Sarah inspiró y espiró profundamente mientras echaba un vistazo al exterior. Estaba muy oscuro; si salía ahora, sinceramente no podría ver su mano delante de su cara. Podía llevarse la linterna, pero ¿y si lo que había fuera era peligroso? Probablemente su spray de pimienta seguía en el coche, pero no iba a salir a buscarlo.

El extraño sonido volvió a sonar, pero esta vez más bajo y lejano. Buddy ladró y tiró de la manga de su pijama. Suspirando, se levantó de la cama. Supuso que al menos podría salir a la parte delantera de la casa y ver si podía divisar algo desde allí. Llevaría consigo su linterna más potente. Si salía algo del bosque, podría volver corriendo a la casa y cerrar la puerta tras de sí. Corría rápido; había sido una estrella del atletismo en el instituto.

Le preocupaba que Buddy se alejara demasiado, pero era un perro obediente. Normalmente se quedaba cerca de ella y no era de los que se escapaban solos. Sarah se dirigió al salón con Buddy a su lado. La casa estaba a oscuras, ya que no había electricidad y ella no había tenido tiempo de instalar paneles solares ni nada parecido. Por suerte, tenía buena visión nocturna. Buscó la linterna y se dirigió hacia la puerta principal. Cuando sus pies tocaron el suelo de madera, se dio cuenta de que había olvidado ponerse zapatos o zapatillas. No pensaba alejarse mucho de la casa, así que no importaba.

Sarah caminó arriba y abajo por la terraza, iluminando el bosque con su luz. No parecía haber nada fuera de lo normal. Una o dos veces, sus ojos le jugaron una mala pasada y creyó ver movimiento entre los árboles. A estas horas de la noche, también podría tratarse de murciélagos volando. Por un momento, le pareció ver figuras blancas moviéndose, pero luego vio que era niebla. El bosque desaparecería en la niebla a primeras horas de la mañana.

Sarah se estremeció al imaginar a Josh ahí fuera, acercándose lentamente a la casa con un cuchillo o una pistola en la mano. Si Josh venía a matarla, probablemente usaría un cuchillo. No creía que hubiera tocado una pistola en su vida, pero también pensaba que lo conocía desde que se habían ido a vivir juntos. Las primeras semanas de noviazgo fue tan dulce, pero esa persona desapareció muy pronto y ya no volvería.

Suspiró mientras paseaba por la terraza, sin prestar atención a lo que ocurría a su alrededor. Tenía que dejar de pensar en Josh. Físicamente se había alejado de él, pero seguía en su cabeza. Había perdido tres años de su vida por su comportamiento abusivo y quería seguir adelante. El terapeuta le había dicho que llevaría tiempo.

De repente, el sonido volvió, pero esta vez era diferente. Podía oír claramente el llanto de una mujer. Buddy aulló y salió corriendo hacia el bosque. Sarah gritó su nombre. Esto era lo que ella había estado temiendo todo el tiempo, pero ella no pensó que él realmente lo haría. Buddy no conocía la zona, así que no sabía si encontraría el camino de vuelta a casa.

"¡Buddy! ¡Perro malo! Vuelve".

Buddy la ignoró y desapareció entre los árboles. Sarah maldijo y empezó a correr tras él. Sólo cuando había pasado las primeras filas de árboles recordó que no llevaba zapatos. Además, había dejado abierta la puerta principal de la casa, lo que la convertía en el blanco perfecto para cualquier persona o animal que quisiera entrar.

Sarah estaba acostumbrada a caminar descalza, lo que le facilitó la tarea. No podía volver sin Buddy y nunca se perdonaría que le pasara algo aquí. Había pertenecido a su difunto padre y era lo único que le quedaba de él. Sabía que Buddy no estaría con ella para siempre, pero aún no estaba preparada para ese día. Buddy también se estaba haciendo mayor y no debería estar aquí solo. Últimamente había notado que algunas mañanas se levantaba con dificultad.

Se llevó las manos a la boca.

"¡Buddy!"

No se veía ni se oía al perro. Sarah se adentró en el bosque. Notó con inquietud que el aire entre los árboles olía a rancio, como si estuviera en una casa que hubiera estado cerrada demasiado tiempo y no al aire libre. Sentía como si algo hubiera estado atrapado en el bosque durante años.

"¡Colega! Tienes que volver a casa".

Le dolían los pies. Incluso para ella, el terreno era duro, y las pantorrillas empezaban a dolerle. Los latidos de su corazón aumentaron y sintió que el pánico se apoderaba lentamente de ella. ¿Y si nunca encontraba a Buddy? Había venido aquí para empezar una vida nueva y más feliz, pero ahora ya se enfrentaba al desastre. Tal vez Josh tenía razón cuando dijo que ella no podía hacer nada bien y que su éxito como escritora era más suerte que otra cosa. Había escritores mucho mejores, pero ella acababa de publicar en el momento oportuno. Después de leer su bestseller, se lo echó en cara y le dijo que eran tonterías de mujeres. Dijo que sus lectores estaban tan locos como ella.

Sarah se concentró en su respiración. No te asustes, puedes hacerlo.

Buddy no puede estar lejos. Piensa, ¿a dónde iría?

Oyó un ladrido a lo lejos y empezó a correr hacia él. De repente, la agarraron por detrás y la levantaron en el aire. Sarah gritó. El pánico que había estado intentando reprimir se apoderó de ella de golpe, como una ola que amenazaba con arrastrarla al mar y ahogarla. Su pijama se rasgó y se soltó de quien la sujetaba. Sarah cayó al suelo e intentó rodar para alejarse de su agresor. No llegó muy lejos, ya que chocó contra uno de los árboles gigantes. Cuando miró hacia atrás, se sintió al mismo tiempo aliviada y tonta. Su agresor era una enorme rama de árbol. Se puso en pie, desanimada. Su camisón estaba hecho jirones y Buddy seguía sin aparecer.

Sarah seguía pensando qué hacer cuando un hombre corpulento y barrigón atravesó los árboles a grandes zancadas. Llevaba una lámpara de gas y sonrió alegremente cuando la vio. El hombre parecía tan amable que era imposible tenerle miedo, a pesar de que era un hombre enorme.

"Querida, ¿estás perdida? ¿Te pertenece acaso el perrito amarillo? Amigable compañero, apareció en nuestra casa hace unos 15 minutos".

Sarah tropezó con el hombre, que la agarró del brazo para sujetarla.

"Cuidado, querida. Soy el señor Johnson. Mi mujer y yo vivimos al otro lado de los árboles. Supongo que usted debe de ser la señora que compró la cabaña al borde del bosque. Vamos a buscar a su perro, y luego lo acompaño de vuelta a casa. Mi mujer le ha dado algo de comer".

Sarah le ofreció la mano y se presentó. Él volvió a cogerla del brazo para ayudarla a bajar la pequeña colina que separaba su casa del bosque. La luz estaba encendida en la casa, y el lugar parecía acogedor y cálido. Sarah oyó a Buddy ladrar en la casa e inmediatamente se sintió mucho mejor.

A medida que se acercaban a la casa del señor Johnson, Sarah pudo ver a Buddy de pie junto a una mujer grande y robusta, que supuso debía ser la señora Johnson.

Cuando llegaron abajo, Buddy ladró excitado, corrió hacia ella y le olisqueó los pies. Le ofreció la mano a la señora Johnson. "Sarah Brighton".

La Sra. Johnson sonrió. "¿De verdad? ¿La escritora? Me pareció reconocerla de alguna parte. Tengo tus libros".

Sarah sonrió nerviosamente. Siempre se sentía incómoda cuando la gente la reconocía.

La señora Johnson se rió y la acercó en un abrazo maternal.

"Encantada de conocerte, querida. Llámame Amelia. Mi marido es Burt. Entra a tomar una taza de té. Estás helada. Mi marido te acompañará a casa en un momento".

Sarah no se había dado cuenta del frío que tenía hasta que la Sra. Johnson lo mencionó. Agradecida, siguió a la pareja al interior de su cálido hogar. A Buddy le caían bien, así que tenían que ser buena gente.

Su cocina era acogedora, con una estufa de carbón y una pequeña mesa con cuatro sillas en el centro de la habitación. Amelia Johnson le tendió una gran taza de té, que la calentó inmediatamente cuando le dio un sorbo. Buddy masticaba un hueso a sus pies.

"Sarah, ¿te ha molestado el terrible ruido de antes?".

Sarah asintió. "¿Sabes lo que ha sido? Me preocupaba que alguien pudiera estar herido, o que pudiera ser un animal sufriendo".

Burt Johnson asintió. "Puede ser desconcertante cuando eres nuevo en la zona. Casi nos hace cambiar de opinión sobre vivir aquí. Por suerte no ocurre tan a menudo. Cada pocos meses más o menos".

Sarah frunció el ceño. "¿Así que no saben cuál es la causa? ¿Habéis buscado alguna causa?".

Amelia le tendió otra taza de té.

"Lo hicimos, después de las primeras veces que ocurrió. Sin embargo, nunca pudimos encontrar nada. Es extraño, lo sé, pero no puede ser nada grave. Hay otro viejo caballero que vive solo en el bosque, el señor Thompson, pero es dudoso que tenga algo que ver. Es un recluso y apenas habla con nadie, pero parece bastante amistoso. He oído la historia de que perdió a su hija hace años en trágicas circunstancias. Intenta que los ocasionales ruidos espeluznantes no arruinen tu impresión del lugar. Nos encanta vivir aquí".

Sarah bostezó tras terminar su té, y Burt se puso en pie.

"Déjame acompañarte a casa, querida. Necesitas dormir bien. Parece que el ruido se ha calmado. Normalmente, una vez que desaparece, no se vuelve a oír en la misma noche. Intenta que tu perro esté dentro cuando vuelva a oírse el ruido. No querrás que salga corriendo y acabe en el lago. El terreno puede ser traicionero. Parece un buen compañero".

Resultó que vivía más cerca de los Johnson de lo que había pensado en un principio. Aunque valoraba su intimidad, era reconfortante saber que había alguien cerca de ella. Agradeció profusamente al Sr. Johnson que la hubiera llevado a casa sana y salva. Sarah cerró bien la casa y acarició a Buddy, que se acomodó en el sofá. Se fue a la cama y durmió hasta la mañana siguiente.

Capítulo 2: El lago

Después de desayunar, Sarah decidió salir a explorar. Sabía que probablemente debía terminar de deshacer las maletas y ordenar la casa, pero quería salir a la naturaleza. Todavía se sentía agobiada por el largo viaje del día anterior. Vio que Buddy también estaba ansioso por hacer ejercicio.

Le dio de comer a Buddy su pollo, que se tragó en dos bocados, y luego caminaron hasta el lago. Tardó un rato en llegar, pero disfrutó del ejercicio. Buddy corrió delante y ella le siguió entre los árboles. El terreno era accidentado y uno de sus pies se enredó en la maleza. Estuvo a punto de caerse, pero se detuvo a tiempo para liberarse con cuidado. El lago la sorprendió, pues no esperaba que fuera tan hermoso.

El lago parecía sereno, rodeado de árboles altísimos y vegetación exuberante. La gente pagaba mucho dinero por ir de vacaciones a lugares así. La superficie del lago era como un espejo que reflejaba la belleza del entorno. A medida que se acercaba al lago, se preguntaba qué profundidad tendría. El agua parecía verde esmeralda cerca de la orilla y azul zafiro en las zonas más profundas. Sintió un fuerte impulso de bañarse en la parte azul zafiro e imaginó que aguantaba la respiración antes de sumergirse en las profundidades. Había una fuerte brisa en el aire que hacía bailar ondas sobre la superficie del lago.

Sarah cerró los ojos un momento para apreciar el olor a tierra húmeda, musgo y una fragancia dulce y floral. De repente sintió una extraña necesidad de formar parte de aquel bello entorno.

Buddy ladró y ella volvió a abrir los ojos para seguirlo por el muelle de madera que se extendía hacia el lago. Había una barca amarrada al muelle. Parecía estar en buenas condiciones, y ella decidió salir a explorar. Quería ver si podía determinar la profundidad real del lago.

Desató la barca y ayudó a Buddy a subir. Sarah cogió el remo y empezó a dirigir la barca hacia el centro del lago. Buddy la observó durante un rato y luego se tranquilizó y se durmió. Sarah dejó de dirigir la barca y se dejó llevar, disfrutando de la hermosa naturaleza que la rodeaba. Suspiró y se apoyó en la borda, disfrutando de la sensación del sol sobre su piel.

Apenas llevaba dos minutos así sentada cuando, de repente, una brisa fría interrumpió su ensoñación. Sorprendida, Sarah abrió los ojos. El tiempo había empezado a cambiar. No creía haber experimentado nunca un cambio de tiempo tan rápido.

El cielo se estaba volviendo gris, y los acariciadores rayos de sol desaparecían tras las nubes que convergían rápidamente sobre el lago. ¿De dónde habían salido? Ni siquiera se había percatado de su aproximación inicial.

Buddy también parecía perturbado por el repentino cambio, ya que levantó la vista y aulló. Sarah estaba pensando que debía dirigirlos de vuelta a la orilla cuando vio el movimiento entre los árboles. Buddy también debió de verlo, porque ladró, agudo y alto, como si estuviera inquieto por lo que fuera o por quien fuera que se movía entre los árboles no muy lejos de ellos. Al menos estaban fuera del alcance del agua, si es que había algo en el bosque. A menos que fuera algo que supiera nadar...

Sarah tragó saliva. Tenía la garganta completamente seca y la boca reseca. No había traído nada de beber, pues no pensaba estar mucho tiempo fuera de casa. Intentó recomponerse. Estaba claro que había visto demasiadas películas de terror baratas.

Podía ser la pareja Johnson que paseaba por el lago, o incluso el señor mayor que decían que vivía cerca, en el bosque. Los saludaba con la mano cuando los veía. Seguía esperando que los Johnson salieran de entre los árboles, pero no apareció nadie.

Hubo más movimiento y las hojas de los árboles crujieron. Sin embargo, nadie salió del bosque. A estas alturas, Sarah también se dio cuenta de que era poco probable que los extraños efectos fueran causados por gente moviéndose. Era excepcionalmente rápido y parecía estar a su alrededor. Buddy aulló. Pudo ver que no le gustaba nada lo que estaba pasando. Sabía que debía haber una explicación racional, pero no se parecía a nada que hubiera visto antes. Por un momento le pareció ver figuras moviéndose entre los árboles, pero enseguida se dio cuenta de que estaba equivocada.

Sarah decidió esperar antes de llevar la barca de vuelta a la orilla, ya que no entendía lo que estaba ocurriendo. El movimiento no se había detenido, sino que parecía ir más rápido. Se estaba levantando un viento que soplaba sobre el lago. Tiraba de la barca y la mecía.

Buddy gruñó y se le pusieron los pelos de punta. Ella le acarició la cabeza.

"Aguanta, Buddy. Me estoy asegurando de que no haya peligro. Vamos a tener que quedarnos quietos un rato".

Buddy se calmó y la miró con ojos confiados. Sentía que el viento arreciaba y el barco empezaba a balancearse más. Encima de ellos, el sol había desaparecido por completo, y la lluvia empezaba a caer en grandes gotas al principio, y luego a cántaros. Buddy aulló y trató de ponerse lo más plano posible en el fondo de la barca, pero pronto los dos estaban empapados.

Sarah ya no veía movimiento en la orilla y el viento había amainado un poco. Cogió el remo con la intención de volver a la orilla. La lluvia era gélida y temblaba. Fue al meter la pala en el agua cuando un escalofriante gemido le llegó desde el bosque. No era el agudo quejido de la noche anterior, sino un gemido mucho más profundo. Sonaba como si alguien hubiera sufrido un dolor increíble durante mucho tiempo.

Sarah se inclinó hacia delante para intentar ver qué pasaba en el bosque, y una fuerte ráfaga de viento la golpeó por detrás, volcando la barca y lanzándola al agua con el remo aún en la mano. Oyó a Buddy aullar al caer al agua antes de que la barca la golpeara contra la cabeza al caer. El dolor la hizo ver las estrellas y la hundió aún más en el lago. Sarah perdió el conocimiento y su boca se abrió mientras el agua llenaba sus pulmones.

***

El mundo se volvió gris ante sus ojos, pero cuando trató de concentrarse, se encontró de pie en el muelle de madera junto al lago, viendo a una mujer correr hacia ella desde el bosque. Detrás de la mujer, los árboles cobraban vida. Formas blancas y humeantes se arremolinaban en ellos, creando un fuerte viento mientras se movían furiosamente.

Sarah sabía que alguien perseguía a la mujer, pero no podía ver quién era. Era una figura grande y oscura, sin rasgos claramente visibles. Quiso huir, pero se quedó inmóvil al ver la pesadilla que se desarrollaba ante ella.

La mujer estaba casi en la arena junto al lago cuando abrió la boca y de ella salió aquel agudo gemido que Sarah había oído la noche anterior. Sarah se taponó los oídos con los dedos. La cara de la mujer estaba congelada en un rictus aterrorizado mientras seguía produciendo el ruido con gran fuerza.

Corrió directamente hacia Sarah, que quiso apartarse, pero se dio cuenta de que seguía sin poder moverse. Cuando la mujer se acercó, Sarah pudo ver que estaba muerta, y que lo estaba desde hacía algún tiempo. Sus ojos muertos sobresalían de su cabeza, la carne que los rodeaba se había podrido hacía mucho tiempo. Tenía la boca abierta y de ella manaba una sustancia negra.

Sin embargo, la mujer corría deprisa, sin tropezar como un zombi de una película de terror. Cayó antes de llegar al muelle y se desparramó en la arena junto al agua. Cuando cayó, Sarah pudo ver que tenía un cuchillo clavado en la espalda. La figura oscura que la había estado persiguiendo no había salido del bosque.

La mujer muerta se puso de lado en la arena y empezó a escribir con el dedo. Sarah quiso ver lo que escribía, pero se dio cuenta de que no podía moverse. Parecía que la mujer tardaba una eternidad en escribir una letra. Una "H", una "E" y luego una "L" se formaron lentamente en la arena.

A Sarah le pareció oír ladrar a Buddy en algún lugar detrás de ella, pero no podía girar la cabeza para ver dónde estaba. Finalmente, la mujer pareció terminar su mensaje y se sentó en la arena. Miró a su alrededor, como si no supiera dónde estaba. Un hombre salió corriendo del bosque con un largo cuchillo en las manos. Era un joven fornido, pero parecía fuerte, y sus ojos parecían furiosos, con unas pobladas cejas sobre ellos que le daban un aspecto aún más peligroso. La mujer lo vio venir, pero no se movió. Sarah tuvo la clara impresión de que estaba demasiado cansada para moverse. Se había rendido y ya no podía defenderse. Tal vez la mujer se sintió como ella se había sentido cuando dejó a Josh, como si estuviera perdiendo las ganas de vivir.

Sarah leyó "AYÚDAME" y se estremeció. El joven había alcanzado a la mujer, que le dirigió una mirada suplicante. El hombre la acuchilló y le clavó el largo cuchillo en el cuerpo. La mujer tosió y vomitó sangre. Cayó de espaldas sobre la arena con una gran mancha de sangre extendiéndose bajo ella. Horrorizada, Sarah siguió contemplando la escena que se desarrollaba ante ella. Poco a poco se fue desvaneciendo y le pareció irreal, como si hubiera estado viendo la escena de una película.

Volvió a oír ladrar a Buddy y esta vez pudo darse la vuelta para buscarlo. Buddy salió de la nada y saltó sobre ella, haciéndola caer hacia atrás y golpearse la cabeza contra el muelle de madera. El mundo se desvaneció y, cuando volvió en sí, estaba chapoteando en el agua y luchando por respirar. Confundida, se dio cuenta de que lo que había visto debía de deberse a la falta de oxígeno.

El barco flotaba boca abajo junto a ella, pero no podía alcanzarlo y sintió que volvía a hundirse. Sus dedos rozaban la superficie rugosa del barco mientras intentaba agarrarse.

Entonces Buddy estaba a su lado y la agarró de la manga de la camisa, tirando de ella. Sabía que no podría salvarla, porque pesaba demasiado y su ropa empapada de agua la hacía aún más pesada. Luchó por respirar, pero la oscuridad acabó arrastrándola y se desmayó.

***

La siguiente vez que los ladridos de Buddy la despertaron, se encontró junto al lago con la barca en el agua poco profunda cerca de ella. Buddy se había puesto histérico y hasta podía ver marcas de dientes en su brazo, donde había intentado arrastrarla.

Esta vez se aseguró de que estaba realmente en tierra y no se trataba de otra alucinación. Se pellizcó y una gran marca roja apareció en su brazo. Le dolía la cabeza y se sentía afortunada de estar viva, pero no sabía cuánto tiempo había pasado en el agua. Cuando miró a su lado en la arena, casi se ahoga. Aún se veían los vagos contornos de las letras "H", "L", "P" y "M".

Le dolía la cabeza y le temblaban las piernas cuando por fin consiguió levantarse. Se dirigió a casa, donde pensaba pasar el resto del día deshaciendo las maletas. Sin embargo, estaba tan cansada que se tumbó en la cama y se durmió. El incidente del lago la había dejado sin energía.

Durmió hasta el anochecer sin soñar, y sólo la despertaron los ladridos de Buddy cuando quiso comer. Sarah dio de comer a Buddy y se volvió a la cama, ya que aún le costaba mantener los ojos abiertos. Buddy pasó la noche junto a su cama. Quería reprenderse por no haber sido productiva, pero la mudanza había sido agotadora y había tenido un accidente en el lago. Además, mañana sería otro día.

Sarah cerró los ojos y soñó. La chica volvía a correr por el bosque, perseguida sin descanso por su agresor invisible y sin nombre. Sin embargo, esta vez la persona que la perseguía se iba haciendo visible poco a poco.

Sarah se estremeció al reconocer el rostro familiar que ahora era una mueca de puro odio. Josh llevaba un cuchillo en la mano derecha, que había levantado en arco y apuntaba a la espalda de la joven. Por un momento, el rostro de la mujer se transformó en su propia cara de terror.

La mujer intentó correr más deprisa, pero Josh siempre se quedaba justo detrás de ella, incluso cuando conseguía correr más deprisa. La mujer abrió una vez más la boca para gritar pidiendo ayuda, pero no salieron palabras, sólo un agudo sonido de quejido.

La mujer corrió aún más y, por un momento, Sarah tuvo la esperanza de que iba a dejar atrás a Josh. Sin embargo, éste saltó y el cuchillo se clavó en la espalda de la mujer. La corredora cayó de rodillas, y Josh estaba sobre su espalda, asfixiándola con las manos, igual que había hecho con Sarah.

Sarah se despertó sudando frío mientras el sol se asomaba por las cortinas que había colgado el día anterior.

Buddy ladró pidiendo su desayuno y giró en círculos excitado cuando la vio ir a la cocina.

Sarah se preparó cereales y se dio cuenta de que tendría que ir a la tienda del pueblo, ya que los armarios estaban vacíos. Lo único que tenía era la comida que había traído del apartamento de Josh.

Josh... Se estremeció cuando pensó en él matando a la chica del sueño. No sabía si había intentado ponerse en contacto con ella, porque había bloqueado su número en el teléfono. Esperaba que no la estuviera buscando y que no hubiera dejado ninguna prueba que pudiera ayudarle a encontrarla. Había dejado una carta detallada en la que explicaba por qué hacía lo que hacía. Sarah podía imaginarse su cara cuando leyó la carta y luego la rompió en pedacitos. Conociendo a Josh, puede que incluso se comiera los trozos.

Ella no había querido lastimar a Josh, aunque él ya la había lastimado bastante. A él simplemente no le importaba, aunque después solía fingir que lo sentía. Su terapeuta le había dicho que eso era algo en lo que tenía que trabajar: priorizar sus propias necesidades y deseos por encima de los de las demás personas de su vida. Aún le resultaba difícil, pero hacía todo lo posible por ponerse a sí misma en primer lugar.

Buddy ladró excitado cuando ella sacó las llaves del coche y corrió en círculos a su alrededor, casi haciéndola caer de camino al coche.

Capítulo 3: La tienda

La ciudad estaba muy lejos del bosque, y quería comprar lo suficiente para no tener que volver pronto. Sarah había querido alejarse de la civilización, y parte de ello implicaba no pasar demasiado tiempo en las tiendas. También planeaba abrir un huerto. Tendría que vallarlo, ya que se imaginaba a Buddy desenterrando las verduras y comiéndoselas. Era un perro extraño que a veces parecía preferir las verduras a la carne.

A medida que avanzaba por la estrecha carretera de montaña, el paisaje se volvía impresionante. Montañas escarpadas adornadas con follaje verde se alzaban sobre ella por todos lados mientras conducía. Estar tan cerca de la naturaleza la hacía sentirse mejor en general.

El sonido de la grava al crujir bajo los neumáticos de su coche creaba un ritmo relajante mientras conducía. Cuando miró por el retrovisor, vio que Buddy se había quedado dormido en el asiento trasero. Roncaba suavemente y movía las piernas como si estuviera cambiando de conejo en un sueño.

En un momento dado, la carretera se volvió muy estrecha y la ansiedad se apoderó de ella. Sintió como si el coche se aferrara precariamente a la carretera, y por un momento temió que saliera volando en la siguiente curva, precipitándose ella y Buddy al vacío. La pendiente era muy pronunciada y se preguntó cuánta gente habría muerto en aquella carretera.

Tragó saliva y se obligó a contar hasta diez. Eso la ayudó a superar su miedo, al menos en parte. Cuando entró en la pequeña ciudad, la carretera principal estaba vacía. Le pareció extraño para ser un día laborable. Si hubiera sido domingo, habría esperado que la gente estuviera en casa, disfrutando del tiempo con sus familias, pero un martes esperaba ver más gente fuera, haciendo la compra y ocupándose de sus asuntos cotidianos.

Se detuvo en el aparcamiento del almacén, donde sólo veía otros dos coches. El lugar estaba limpio de un modo casi clínico. Estaba acostumbrada a ser acosada por mendigos y a ver basura en las calles, pero en esta ciudad no había nada fuera de lugar.

Buddy chilló cuando paró el coche. No quería llevárselo con ella, pues no estaba segura de cómo reaccionaría ante tanta gente nueva.

"Quédate, Buddy. No tardaré".

Dejó la ventanilla ligeramente abierta para él. No parecía que hubiera nadie cerca que quisiera robar un coche. Vio que Buddy la seguía con la mirada cuando entró en la tienda y le saludó con la mano. Esperaba que la tienda tuviera sus bocadillos favoritos.

El dependiente de la tienda la saludó con la cabeza cuando entró. Se dio cuenta de que la miraba con el ceño fruncido y que sus ojos se habían abierto ligeramente. Casi como si la hubiera visto o conocido antes, pero no recordaba exactamente dónde. La caja registradora estaba tan cerca de la salida que sería casi imposible escabullirse sin pagar. Supuso que ésa era su intención. El dependiente era un señor mayor con cejas espesas y pobladas. Tenía una figura robusta y Sarah pensó que podría enfrentarse a un hombre mucho más joven en una pelea. Sarah se preguntó si no sería también el dueño de la tienda y si el dependiente estaba enfermo o se había marchado. Parecía inusual que una persona de su edad trabajara como dependiente, pero probablemente escaseaban los empleos en la zona.

La tienda tenía casi todo lo que ella quería, pero le faltaban algunos de sus artículos favoritos. Se dio cuenta de que tendría que conducir más lejos, al menos a veces, para conseguir lo que necesitaba.

El dependiente se tomó su tiempo para registrar sus compras. Fruncía el ceño mientras trabajaba y se mostraba poco comunicativo. Parecía frío, pero ella pensó que quizá sólo era introvertido. Decidió presentarse y ver qué información podía sacarle sobre el bosque.

"Soy Sarah Brighton, compré la casa cerca del bosque. Es un placer conocerle. ¿Hace mucho que vive aquí?"

El hombre asintió. "Sí, encantado de conocerte. Soy Gerald McKenzie. Vivo en la zona desde hace unos treinta años. Dirijo la tienda. La heredé de mi difunto padre. El empleado de la tienda, Tommy, está enfermo o borracho. El chico tiene problemas con la bebida, así que nunca estás seguro de él. Tengo que despedirlo, pero es difícil encontrar a otro por el sueldo que puedo ofrecer. La tienda no ha ido bien en los últimos años. Simplemente hay muy poca gente que viva en esta zona. La mayoría de los jóvenes se han marchado. Entonces, ¿qué te parece allí? Un lugar precioso, ¿verdad?".

Sarah sonrió, encantada de haber conseguido que el hombre se comunicara con ella.

"La casa es fantástica, y el bosque es precioso, pero he notado algunas cosas extrañas. No estoy segura de que muchas de ellas sean imaginaciones mías. Después de todo, soy escritora. Un ruido horrible vino del bosque en mi primera noche aquí. También he visto movimiento en el bosque, y he sentido un fuerte viento a veces, así como una niebla persistente. No sé si todo esto podrían ser efectos meteorológicos naturales. Nunca he vivido tan cerca del bosque".

El anciano sacudió la cabeza.

"Tenga cuidado ahí arriba, señorita Brighton. Yo mismo me mantengo alejado de esos bosques. He oído historias de gente que desaparece y nunca la encuentran. Una joven desapareció hace unos años y nunca más la volvieron a ver. Creo que la buscaron, pero el terreno es accidentado en algunos lugares".

Sarah tragó saliva. "Eh, gracias por la advertencia. Lo tendré en cuenta".

Cuando llevaba la compra al coche, Buddy intentaba meter el hocico por la parte abierta de la ventanilla. Meneó la cola y ladró excitado cuando la vio.

Decidió conducir por el resto del pueblo para ver si había algo que le interesara, pero no parecía haber gran cosa. Había un restaurante, una pequeña cafetería y una biblioteca, pero todos seguían cerrados. Eran ya las once de la mañana, así que no pudo evitar preguntarse si abrirían. Parecía una ciudad fantasma.

Pasó junto a otro coche que salía de la ciudad. Bueno, ella quería vivir en un lugar tranquilo y pacífico, y parecía que había conseguido lo que quería.

El viaje de vuelta fue tranquilo y sintió que se estaba acostumbrando a la carretera. Ya no tenía la sensación de que fuera a caer al vacío en cada curva que tomaba.

En casa, Buddy corría dentro y fuera de los árboles cercanos al patio mientras ella desempaquetaba la compra. Parecía darse cuenta de que se metería en problemas si corría solo.

"¡Eh, Buddy! ¿Quieres dar un paseo?".

El perro movió la cola al oír la palabra "paseo".

Sarah se preparó un picnic y unos bocadillos para Buddy. Se puso las botas de montaña, aunque probablemente no haría ninguna escalada trepidante, ya que normalmente prefería ceñirse a las rutas de paseo. También se puso su gran sombrero de flores para protegerse la cara del sol. Buddy le ladró y ella tuvo que reírse. Se preguntó si el perro recordaría que Josh le había regalado el sombrero.

Capítulo 4: La excursión

El paseo por el bosque le llevó mucho más tiempo de lo que pensaba. Había pequeños senderos serpenteantes por todas partes que terminaban en lugares inesperados.

El sol que brillaba sobre ellos creaba manchas de luz y calor en el suelo del bosque, que Buddy perseguía. El labrador volvía a comportarse como un cachorro, ladrando a los pájaros y persiguiendo insectos por la hierba. Estuvo a punto de caerse sobre él varias veces.

Sarah sintió que se relajaba poco a poco a medida que se adentraban en el bosque. En parte, quería dar un largo paseo para despejar la mente. Sentía que necesitaba decidir cómo enfocar su carrera y el resto de su vida. Había comprado la casa para alejarse de Josh, pero necesitaba ver qué quería hacer de aquí en adelante. Sus dos últimos libros seguían vendiéndose bien y tenía otra novela a medio terminar. No había trabajado mucho en ella en los últimos meses, ya que se había distraído cada vez más a medida que la situación entre ella y Josh se deterioraba. Sabía que tenía que ponerse en contacto con su agente, ya que su buzón de correo electrónico estaba lleno de mensajes sin contestar y había mensajes de voz en su teléfono. Hacía dos semanas que había dejado un mensaje en el que decía que se estaba tomando un tiempo para sí misma y que se pondría en contacto con ellos cuando todo estuviera arreglado. Sin embargo, se dio cuenta de que tendría que hacerlo pronto, ya que tenían que fijar la fecha de publicación de su nuevo libro.

Buddy se detuvo a beber agua de un arroyo y luego se zambulló en él. Chapoteó y, cuando ella metió la mano, descubrió que el agua estaba helada.

Siguieron caminando y Sarah se dio cuenta de que se estaba haciendo tarde por la forma en que el follaje empezaba a proyectar sombras en el suelo del bosque. Pronto tendrían que dar la vuelta, pues no quería quedarse atrapada aquí de noche.

La calidez anterior de la luz del sol estaba siendo sustituida por una frialdad helada que le punzaba la piel. Los árboles, que al principio le habían parecido atractivos, empezaban a proyectar sombras largas y nudosas que parecían contorsionadas y retorcidas.

Era hora de dar la vuelta y regresar. A Sarah le pareció ver movimiento por el rabillo del ojo, pero cuando volvió a mirar, no había nada.

"¡Ven, Buddy!"

Buddy se mostró reacio al principio, pero poco a poco le fue convenciendo con golosinas de galleta para que la siguiera de vuelta. Se dio cuenta de que iba a tener que poner una valla alrededor de la casa para poder dejarle correr sin tener que preocuparse constantemente por él. La mudanza parecía haberle hecho más testarudo, y el bosque le atraía. Tal vez incluso podría crear un espacio de trabajo para ella. Podría ser inspirador trabajar al aire libre, con el aire fresco y la luz del sol.

Entonces, por el rabillo del ojo, volvió a ver el movimiento. Figuras y formas se movían entre los árboles y desaparecían antes de que pudiera verlas. Las sombras que la rodeaban se convirtieron en figuras y formas siniestras, y tuvo que contenerse para no correr por el bosque. Si su pie se enredaba en algo, podría caer y morir aquí. Nadie sabría nunca qué había sido de ella, excepto si los Johnson la encontraban por accidente.

El frío aumentó rápidamente y, por un momento, Sarah creyó ver el castañeteo de dientes de Buddy. Tenía el pelo erizado y parecía inquieto. No parecía que se estuvieran acercando a casa, y entonces se dio cuenta, con una sensación de hundimiento, de que debían de haberse equivocado de camino. Se habían adentrado en el bosque en lugar de salir de él. Sarah estaba a punto de sentarse a llorar cuando vio una cabaña de madera delante de ella. La niebla, que había observado durante su primera noche en el bosque, ya se arrastraba a su alrededor, creando la impresión de que la cabaña flotaba ligeramente sobre el suelo.

Un hombre estaba de pie junto a ella, observándolas. Estaba tan quieto que al principio ella no reparó en él. El hombre era muy alto y viejo. Tenía la espalda encorvada y ella pudo ver que se movía con gran dificultad. Finalmente levantó la mano para saludarles, y ella le devolvió el saludo.

Sarah continuó caminando directamente hacia él, ya que el anciano no parecía amenazador en modo alguno, y ella necesitaba su ayuda para encontrar el camino a casa. Cuando se acercó, vio que la observaba con ojos enrojecidos. Era posible que, a su avanzada edad, no viera muy bien.

"¿Mary?"

Su voz era grave y gruesa, como si tuviera flema en la garganta. Sarah pensó que probablemente no había hablado con nadie en mucho tiempo.

"¿Disculpe? Soy Sarah Brighton, me he mudado a la casa de las afueras del bosque. Estoy encantada de conocerte. Siento si le molestamos. Mi perro se porta bien".

El anciano pareció confundido por un momento y luego le ofreció su nudosa mano a modo de saludo. Tenía la piel muy seca, pero la mano estaba caliente y el apretón firme.

"Oh, disculpe. Soy el Sr. Thompson. Es que usted se parece tanto a mi hija Mary. Mi mente me juega malas pasadas. Desapareció hace años, aquí en el bosque. Salió a correr un día y nunca regresó. Qué tonta soy al pensar que tú debes ser Mary. Si todavía está viva, tendría muchos años más que tú. Pero no creo que lo esté. Creo que el bosque se la llevó. Debes tener cuidado, jovencita".

Sarah se estremeció. Aunque el anciano parecía amistoso, la expresión de sus ojos era vacía y muerta.

"Siento mucho lo de su hija. El otro día tuve una experiencia extraña.

Me caí de mi barca en el lago y me golpeé la cabeza con un costado. Debí de desmayarme un rato, pero durante ese tiempo tuve una visión de una mujer que corría por el bosque y era perseguida por alguien. Me pidió que la ayudara garabateando las letras en la arena. Era una chica morena, probablemente de mi edad, vestida con ropa de correr".

El anciano escuchó atentamente y asintió.

"Podría ser ella. Mary siempre estaba corriendo, incluso cuando otros le advertían que tuviera cuidado, cuando había inundaciones en invierno o cuando la visibilidad era escasa, como a altas horas de la noche. Mary amaba estos bosques. Esa es la única razón por la que me quedé después de que desapareciera. Siento que todavía hay algo de ella en estos bosques. Si me marchara, todo estaría perdido, y ella no tendría un lugar al que volver, si aún quisiera volver a casa".

Sarah sintió pena por el anciano, pero quería volver a casa, ya que las sombras a su alrededor se habían hecho aún más profundas.

"Lo siento, señor Thompson, pero me gustaría llegar a casa antes de que oscurezca demasiado. Parece que nos hemos perdido en el camino de vuelta. ¿Podría indicarnos cuál sería el camino más rápido para salir del bosque?".

El Sr. Thompson asintió. Durante unos instantes ella pensó que no iba a decir nada, pero entonces empezó a explicarle la ruta a su meticulosa manera. Ella le dio las gracias antes de darse la vuelta, pero no estaba segura de que la hubiera oído. El anciano estaba concentrado en el bosque, como si esperara que su hija volviera a él caminando entre los árboles, después de tantos años.

Ella se giró para saludarle, pero él siguió mirando hacia delante, como si no la hubiera visto. Le preocupaba que una persona mayor, frágil y posiblemente con demencia, viviera sola en el bosque, pero no estaba segura de qué podía hacer al respecto, ya que no era pariente suya. Se lo comentaría a los Johnson la próxima vez que los viera. Quizá ellos sabrían qué hacer.

Capítulo 5: La llamada telefónica

Cuando llegó a casa, hizo una pequeña barbacoa fuera. Era más temprano de lo que ella pensaba. La oscuridad del bosque la había confundido. Buddy caminaba arriba y abajo junto a la barbacoa, relamiéndose. Ella sonrió al perro.

"Paciencia, Buddy. Tendrás tu trozo".

Su móvil empezó a sonar cuando fue a la cocina a preparar una ensalada.

En el teléfono apareció el nombre de "Louise". Su editor. Probablemente quería una respuesta sobre cuándo recibiría el nuevo manuscrito. Sarah suspiró. En realidad no había pensado en ello y no le apetecía hablar con la mujer, pero probablemente no era buena idea seguir evitándola. Louise podía hablar tanto una vez que empezara.

Ella presionó para contestar.

"¿Louise?"

Podía oír la respiración pesada de Louise en el otro lado. Louise tenía casi 60 años y era de complexión fuerte. Era una excelente agente literaria y tenía buenos contactos. Sarah dudaba que hubiera tenido tanto éxito sin el apoyo de Louise. Por eso tenía que seguir siendo amable con Louise, que también había sido mejor madre para Sarah de lo que lo había sido la suya propia.

"Mi niña, Dios mío, todo el mundo se pregunta qué ha sido de ti. Me alegro de haberte encontrado por fin".

Sarah sonrió al auricular. Siempre tenía la sensación de que su interlocutor podía verle la cara y que debía comportarse lo mejor posible. Suponía que era el tipo de comportamiento que le habían inculcado de niña.

"Louise, siento mucho que te haya costado localizarme. He estado muy ocupada. La mudanza llevó más tiempo de lo que pensé".

Louise se aclaró la garganta. Sonaba como si estuviera comiendo algo.

"No te preocupes, Sarah. No me preocupa el libro, podemos darte tiempo extra si lo necesitas. Sólo te llamo para, ah, advertirte de algo".

Un escalofrío le recorrió la espalda.

"¿Qué pasa, Louise?"

Podía oír a Louise suspirar.

"Es Josh, Sarah. Ha estado aquí, haciendo preguntas sobre ti, queriendo saber a dónde fuiste. Le está diciendo a la gente que lo dejaste atrás sin avisar, después de todo lo que ha hecho por ti. Es una campaña de desprestigio regular, está hablando mal de ti a tantas personas como sea posible. Le dice a la gente que eres mentalmente inestable, que intentaste suicidarte y que lo atacaste. Josh está diciendo que la policía debe encontrarte, y que debes ser admitido en el hospital para observación. Desafortunadamente, ha convencido a algunas personas para que le crean. Incluso ha concedido una entrevista a uno de los tabloides".

Sarah dejó caer el cuchillo con el que iba a cortar los pepinos y los tomates.

"Eso no me sorprende. Suena a él. Siento que te haya estado molestando, Louise".

Louise tosió. A Sarah le preocupaba que sonara tan sin aliento. Estaba resollando con fuerza.

"Ah, no te preocupes por eso, Sarah. Me alegro de que te hayas alejado de él. Quiero que te cuides. Sólo pensé en advertirte. No le dije nada sobre tu paradero, pero ha estado husmeando por ahí, intentando seducir a las chicas de la oficina. A todas les han advertido que no le digan nada y que no se involucren con él. Querida, voy a dejarte ir. Tengo que irme a mi próxima reunión".

Sarah se despidió de Louise y colgó. Debería haberse esperado algo así, pero aun así le preocupaba.

Después de cenar, Sarah se durmió en la mecedora del salón. Un golpe en una de las ventanas la despertó. Siempre había tenido el sueño ligero y saltó de la silla cuando oyó el golpe. Buddy también saltó y corrió hacia la ventana, ladrando a lo que fuera que viera allí.

Volvieron a llamar, esta vez desde otra de las ventanas. Frenética, Sarah corrió hacia las puertas delantera y trasera para asegurarse de que las había cerrado con llave. Los latidos de su corazón sólo disminuyeron un poco cuando vio que, efectivamente, las había cerrado con llave.

Un ruido sordo le llegó desde el tejado, justo encima de la cabeza. Buddy gruñó, un sonido bajo y amenazador. El golpeteo se hizo cada vez más fuerte, casi como si alguien caminara por el tejado.

Sarah fue a la cocina y cogió el cuchillo del pan. Era lo único que podía utilizar para defenderse. Cuando volvió al salón, los ruidos cesaron. Volvieron a llamar a la ventana, dio un paso adelante y descorrió la cortina.

Gritó y soltó el cuchillo cuando se encontró con un rostro blanco que la miraba fijamente. El fantasma, o lo que fuera, apoyó su pálida mano contra la ventana. Afuera hacía un frío glacial, y la criatura utilizó sus largos dedos blancos para escribir palabras en la ventana.

Sarah observó, horrorizada, cómo el rostro de la criatura cambiaba constantemente. A veces era sólo un borrón blanco, pero luego se transformaba en el rostro de la mujer que había visto en su visión del lago. La cara se parecía mucho a la suya y comprendió que debía de ser Mary, la hija del anciano.

Sin embargo, ¿qué podía querer la muchacha si llevaba tantos años muerta? Las palabras "AYÚDAME" aparecieron lentamente en la ventana.

Mientras Sarah seguía mirando por la ventana, ocurrió algo aún más extraño. La forma fantasmal de la niña giró sobre sí misma y extendió los brazos hacia arriba. Parecía como si se estuviera ahogando. Intentaba desesperadamente nadar para salvar su propia vida, pero alguien seguía empujándola hacia abajo y manteniéndola bajo el agua.

Sarah se estremeció. Había pensado que la chica había muerto apuñalada, pero ¿y si se había ahogado? ¿Quizá estaba atrapada aquí hasta que se resolviera el misterio de su muerte? ¿Quería que encontraran su cuerpo para que su padre pudiera tener paz y darle un entierro digno?

La cara de la niña empezó a cambiar, mientras Sarah pensaba qué podía hacer para ayudarla. La cara se derritió y luego se reformó hasta convertirse en la de un hombre. Al principio, ella pensó que era Josh otra vez, pero era la cara de un hombre joven que ella nunca había visto antes. Esta aparición fantasmal se rió de ella, y pudo ver charcos negros de odio nadando en sus ojos. El rostro fantasmal se lanzó contra la ventana con tanta fuerza que provocó un crujido y Sarah se tambaleó hacia atrás. Tropezó y cayó en su mecedora. Cuando levantó la vista, pudo ver que la aparición se había deshecho y desaparecía lentamente, una sedosa brizna de niebla cada vez.

Sarah se despertó cuando Buddy saltó sobre la mecedora y ambos cayeron hacia atrás.

Capítulo 6: El fantasma

A la mañana siguiente, Sarah se paseaba por su casa con todas las puertas cerradas y las ventanas cerradas. Buddy había lloriqueado en la puerta durante un rato, pero después de que ella le diera comida, se había tumbado y vuelto a dormir. Necesitaba tiempo para decidir qué iba a hacer.

Cada vez se sentía más incómoda en la casa y en el bosque. Se había mudado a la casa con la esperanza de rehacer su vida y encontrar paz y tranquilidad, pero en su lugar, encontró "drama a un nivel completamente nuevo", como diría Louise.

No iba a permitir que un fantasma la ahuyentara de ese lugar perfecto. El fantasma quería algo, y ella iba a averiguar qué era. Otro paseo por el bosque sería necesario. Esta vez iría preparada.

Primero tenía que ir al pueblo a comprar provisiones. Gerald McKenzie la miró con extrañeza cuando entró en su tienda. Supuso que el dependiente seguía de baja o que posiblemente lo habían despedido.

"¿Vuelves tan pronto?"

Sonrió al anciano. "Sí, sólo necesito una pala y unos cuchillos. No tengo muchos cubiertos, ¿sabe?".

Gerald McKenzie frunció el ceño. "¿Planeas dedicarte a la jardinería? El suelo no es muy bueno, pero supongo que podrías intentarlo. Siempre es útil tener cuchillos de carne de sobra".

Sarah sonrió dulcemente. Realmente no le gustaba cómo la miraba aquel hombre. Era extraño, pero la vez anterior no le había parecido tan espeluznante.

"Jardinería no, no exactamente. Pero puede que tenga que excavar un poco. ¿Así que sabes que hay un fantasma ahí arriba? La he visto; es una chica con el pelo largo y oscuro".

El Sr. McKenzie la miró con expresión perpleja.

"¿Un fantasma? Vaya... jovencita, ¿no cree que está demasiado aislada para usted ahí arriba? Quizá necesite más compañía".

Sarah le dio las gracias al anciano por sus compras y se marchó sin mirar atrás. Estaba claro que él pensaba que estaba loca.

Mientras volvía a casa, Buddy se inquietó en el coche. Había estado pensando en cómo podría ponerse en contacto con el fantasma y convencerla de que la acompañara a buscar los restos. Por mucho que le asustara la aparición, Sarah pensó que podría ser la única solución. Si recibía un entierro adecuado, su espíritu podría pasar a la otra vida.

Buddy no dejaba de ladrar y, cuando por fin miró por encima del hombro, vio la vaga silueta de una mujer sentada en el asiento trasero. Se giró rápidamente para ver cómo conducía, pues sabía que se acercaba a una curva cerrada. El fantasma seguía poniéndola nerviosa, pero estaba bastante segura de que no le haría nada.

Buddy había dejado de ladrar, y sólo pudo persuadirse a sí misma para volver a mirar en el asiento trasero cuando estuviera más cerca de casa. El fantasma seguía allí y ahora parecía más sólido. Miraba al frente y le pareció que le sonreía. Buddy lo miraba ahora con más curiosidad que otra cosa. Le dio un zarpazo y su pie le atravesó el centro.

Cuando Sarah paró el coche en casa y abrió la puerta trasera para dejar salir a Buddy, el fantasma había desaparecido. Durante unos instantes, pensó que era muy posible que se estuviera volviendo loca. En los últimos meses de su vida había sufrido un estrés casi incesante, así que todo era posible.

Se volvió hacia Buddy.

"¿Cómo la recuperamos, Buddy? Necesitamos que nos muestre cómo podemos ayudarla".

Sarah sacó una cerveza de la nevera y trató de recordar lo que había estado haciendo en el coche cuando consiguió que el fantasma se le apareciera. Se sentó en su mecedora y dio unos grandes tragos a su cerveza. Había estado pensando en cómo contactar con el fantasma, y entonces el espíritu se le había aparecido...

Sarah cerró los ojos unos instantes y, cuando los abrió, el fantasma estaba a su lado. Casi se le cae la cerveza al suelo. El fantasma era cada vez más claro. Parecía que cada vez que Sarah la veía, podía identificar más detalles.

"Bien, ¿eh, Mary? Supongo que eres Mary. Encantada de conocerte. He conocido a tu padre, un hombre encantador".

El fantasma asintió.

Sarah dejó la cerveza y se levantó para recuperar la pala y dos de los cuchillos. Llevaba el bañador debajo de la ropa por si tenía que zambullirse.

Podía sentir la frialdad helada que el fantasma llevaba consigo cuando se movía a su espalda. Sarah no sabía muy bien cómo se hacían visibles los fantasmas. Esperaba que Mary no estuviera utilizando toda su energía para asegurarse de que Sarah pudiera verla. Su misión sería un fracaso si acababa desapareciendo.

Mientras Sarah caminaba por el bosque con Buddy corriendo tras ella, notó que el fantasma aparecía y luego desaparecía. Se preguntó qué le diría el fantasma si pudiera hablar.

Cuando el fantasma se alejó durante mucho tiempo, la llamó por su nombre.

"¡Mary! ¿Puedes decirme dónde estás?"

El fantasma no volvió a aparecer en mucho tiempo, y Sarah se preguntó si habría utilizado toda la energía que tenía. Se dio cuenta de lo extraño de la situación y pensó que sería una buena historia. Nadie la creería. No se parecería en nada a las historias románticas que escribía normalmente.

El fantasma flotó delante de ella y señaló el agua a través de los árboles.

"¿Qué pasa? ¿Está tu cuerpo en el agua? ¿Te ha ahogado?". Sarah miró hacia atrás, pero el fantasma había desaparecido.

Esperó a que volviera, pero esta vez el fantasma parecía haber desaparecido para siempre. Sarah caminó arriba y abajo junto al lago, pero no pasó nada más. Era casi como si el fantasma sintiera que no tenía que crear efectos aterradores ahora que tenía la atención de Sarah.

Sarah consideró la posibilidad de llevar la barca al lago, pero no estaba segura de lo que conseguiría. Finalmente, dio media vuelta y empezó a caminar hacia su casa.

En el camino de vuelta, se encontró con el Sr. Johnson. Llevaba botas de montaña y un bastón. Parecía serio y preocupado, muy distinto del hombre que había conocido en su primera noche en el bosque. Por su expresión y sus gestos, supuso de inmediato que algo malo había ocurrido.

"¡Sarah! Ya estás aquí. Nos preocupamos cuando llegamos a tu casa y no había nadie. Además, una de tus ventanas está agrietada. ¿Lo sabías?"

Ella asintió. Era donde la figura fantasmal se había estrellado contra ella la noche anterior, pero obviamente no iba a decírselo.

"Uh, tuve un accidente cuando estaba jugando con Buddy. Acabé cayéndome contra la ventana. Una estupidez por mi parte, pero al menos no se rompió".

El Sr. Johnson asintió, pero ella podía ver que su mente estaba en otra parte.

"¿Pasa algo?"

Mr. Johnson asintió de nuevo, y ella pensó que parecía como si tuviera miedo de algo. No dejaba de mirar por encima del hombro.

"No debería haber dejado atrás a mi mujer, pero ¿qué podía hacer? No quería que viera aquello. Le dije que se quedara en casa y cerrara puertas y ventanas".

Sarah tuvo una sensación de inquietud en el estómago.

"Sr. Johnson, ¿de qué está hablando? ¿Qué ha pasado?"

Él hizo una mueca, y por un momento ella pensó que iba a llorar.

"Jovencita, me alegro de que no estuvieras allí para verlo. Me revolvió el estómago, de verdad. ¿Quién le haría algo así a un anciano? ¿Qué le hizo el viejo a nadie? Vivía allí, apartado, esperando el regreso de su hija perdida. Sabes, hablé con él hace un mes, y todavía pensaba que ella iba a volver a él algún día. Creo que su mente estaba empezando a divagar. Ya no parecía tan lúcido".

Sarah se estremeció. Se dio cuenta de que hablaba del viejo señor Thompson. Tocó suavemente el brazo del señor Johnson en un intento de que se centrara en el momento presente.

"¿El Sr. Thompson? ¿Está... está muerto?".

El señor Johnson asintió, mordiéndose el labio.

"Es lo más inquietante que he visto. Se lo digo... Alguien golpeó al viejo hasta matarlo. Si lo apalearon, su agresor debía de tener las manos duras y una fuerza inmensa. Nunca dejó de golpear al pobre viejo. Y ocurrió recientemente. Debe haber sido hoy temprano. He llamado a la policía, pero tardarán en llegar. Tienen que venir del pueblo de al lado, que está a kilómetros. Por eso pensé en ir a ver cómo estabas. Quería avisarte. Me preocupé bastante cuando no te vi por aquí".

Sarah se quedó helada. ¿Era por eso que el fantasma de Mary había desaparecido tan repentinamente?

"Me iré a casa y me encerraré hasta que venga la policía. Estaremos bien".

El señor Johnson asintió. "Probablemente sea lo más seguro. No sabemos si el asesino puede estar todavía por aquí. La policía registrará la zona. Déjame acompañarte a casa para asegurarme de que estarás a salvo. Luego me iré a casa con mi mujer".

De camino a casa, Sarah no volvió a ver al fantasma. Saludó al señor

Johnson cuando se marchó, después de encerrarse en casa como había prometido que haría.

Capítulo 7: El sueño

La policía no apareció hasta última hora de la tarde. Podía verlos moverse entre los árboles que rodeaban su casa. Llamaron a su puerta y ella respondió a sus preguntas lo mejor que pudo. Les contó que había conocido al Sr. Thompson en el bosque y que había sido un caballero amable y servicial. Les contó lo que sabía sobre la desaparición de su hija. Sarah nunca dijo nada sobre el fantasma, pues sabía que no la creerían y que podrían pensar que había algo malo en ella. Josh ya había creado esa impresión sobre ella en los medios de comunicación.

Uno de los policías ya la había mirado con recelo. Mientras los demás salían de su casa, él se quedó para hablar con ella.

"Usted es la escritora, ¿verdad? ¿La que huyó de su novio? Vi un artículo sobre ti. Decía que eras..."

Uno de los hombres mayores retrocedió y le apartó.

"Déjate de tonterías, Bill. No tiene nada que ver con nosotros. Lo siento, Sra. Brighton, por la interferencia. Bill tiende a dejarse llevar. Aún es nuevo en el cuerpo".

Sarah asintió: "No se preocupe. No me ofendo".

Vio que el joven policía le devolvía la mirada mientras se alejaban de su casa. No pudo evitar preguntarse qué más había dicho Josh de ella a la prensa.

***

Sarah estaba impaciente por salir de casa y empezar a buscar los restos de Mary, pero cuando la policía terminó de registrar la zona ya era demasiado tarde. Se preparó una sopa en el pequeño hornillo que se había traído y le dio a Buddy sus perdigones. Él la miró molesto, como si quisiera preguntarle por qué le daban esto y no carne fresca.

Se preparó una taza de leche caliente y se sentó en la mecedora con un libro. A menudo le costaba terminar un libro y solía acabar leyendo varios a la vez. Sarah buscaba a menudo libros que pudieran inspirarle ideas innovadoras para el libro que estaba escribiendo en ese momento, pero era difícil, ya que tendía a ser quisquillosa. Tenía toda una colección de libros en rústica que aún no había leído, así como varios libros que había descargado en su Kindle. Lo que le había ocurrido en las últimas semanas también la había distraído por completo, y no había escrito ni una palabra.

Al cabo de un rato, sintió que perdía el interés por el libro. Sus párpados empezaron a caer. A menudo descubría que permanecía despierta más tiempo si leía libros en su Kindle, pero en ese momento no estaba cargado.

Sarah se quedó profundamente dormida. Soñó que caminaba por el bosque, descalza, sin Buddy. Delante de ella vio dos formas blancas que revoloteaban en la noche. Una de ellas era Mary, porque vio cabellos oscuros flotando sobre la figura fantasmal. A su lado había otro fantasma, cuyos dedos estaban entrelazados con los de Mary. Ella siguió a los fantasmas en su camino por el bosque, durante mucho tiempo. Pronto llegaron a la cabaña del señor Thompson, que ella reconoció al instante.

Los fantasmas se volvieron hacia ella, y ella reconoció que el otro fantasma era el Sr. Thompson, como había pensado inicialmente. Ambos señalaron la casa que tenían delante, como si quisieran centrar su atención en la escena que estaba a punto de desarrollarse.

Un hombre llamaba a la puerta de la cabaña. El Sr. Thompson seguía muy vivo en esta visión. Abrió la puerta, rugió de rabia al ver de quién se trataba y al instante derribó al hombre. Sarah observó, sorprendida por lo que estaba ocurriendo justo delante de ella. El hombre volvió a ponerse en pie casi de inmediato y golpeó al Sr. Thompson con un fuerte revés. Sarah no pudo distinguir quién era el agresor del hombre. El Sr. Thompson gritaba al hombre, que seguía golpeándole y empujándole. Se sorprendió al ver que podía oír las palabras exactas de lo que estaba gritando al otro hombre, aunque seguía sin poder distinguir quién era el agresor. El Sr. Thompson, en la escena frente a ella, respiraba con dificultad, pero aún podía oír lo que decía. Quiso ayudarle y tuvo que recordarse a sí misma que lo ocurrido ya era pasado y que no podía hacer nada para ayudar al pobre hombre. En cierto sentido, esta escena también era un fantasma. La zona había captado una impresión de lo sucedido y ahora se la mostraba.

"¡Has sido tú! Debería haberlo sabido. Siempre fuiste tú. ¡La forma en que corriste tras ella y la seguiste a todas partes! ¡Mataste a mi Mary! Nada puede traerla de vuelta".

El Sr. Thompson siguió gritando estas palabras, hasta que se desplomó de rodillas, golpeado, ensangrentado y magullado. Finalmente sucumbió a una brutal patada en la cabeza. Su cuerpo quedó inmóvil y no volvió a moverse después de aquello.

Sarah se echó a llorar ante la brutalidad que había tenido que sufrir el pobre hombre. No merecía morir de una forma tan horrible. Cuando se dio la vuelta para hablar con los fantasmas, ambos se habían ido.

Sarah se despertó en su mecedora, llorando y jadeando. Buddy la miraba con los ojos muy abiertos.

"Oh, Buddy, ¿qué vamos a hacer?".

Se levantó para prepararse una taza de té con varias cucharadas de azúcar. El azúcar siempre le calmaba los nervios, y se sentía muy nerviosa. Después de un rato, se sintió más tranquila y se fue a su habitación para ver si podía dormir un poco más. Sabía que tenía que resolver la situación de algún modo; de lo contrario, nunca encontraría la paz. Sin embargo, estaba demasiado cansada para concentrarse en nada y pasó el resto de la noche en un sueño sin sueños.

Capítulo 8: La búsqueda

Cuando Sarah se despertó a la mañana siguiente, tenía todo el cuerpo dolorido y le dolía la cabeza. Le apetecía pasar el día en la cama, pero sabía que tenía que levantarse y ocuparse de lo que ocurría a su alrededor; de lo contrario, acabaría sintiéndose peor. Además, la situación seguiría empeorando si no se solucionaba ahora.

Se preparó un tazón de cereales y abrió la puerta principal para que Buddy pudiera salir a hacer sus necesidades y corretear por la casa. Mientras comía, pensó en su capacidad de ver fantasmas y en lo que significaba. La gente la llamaría loca, sobre todo después de lo que Josh había contado a los periódicos.

Recordaba haber visto fantasmas de niña y haber hablado con ellos. Su abuela fallecida había acudido a ella poco después de morir y le había dado información importante que tenía que dar al resto de la familia. Al principio la familia la había mirado con extrañeza, pero cuando empezó a darles datos que sólo su abuela conocía, la creyeron.

"Bien Buddy, creo que tenemos que levantarnos y ponernos en marcha. No me preguntes exactamente qué vamos a hacer, sólo sé que tenemos que hacer algo".

Sarah empacó una petaca de café, sándwiches, la pala y dos cuchillos. Aún no estaba segura de por qué necesitaba los cuchillos, pero algo le decía que los cogiera.

Cerró la casa tras de sí y se adentró en el bosque, con Buddy persiguiendo mariposas alrededor de sus pies.

No esperaba volver a ver a los fantasmas tan pronto después de lo ocurrido el día anterior, y el día era tan luminoso y soleado que parecía improbable que se hicieran visibles. La experiencia previa que había tenido con fantasmas le decía que preferían la noche y los días nublados.

Sin embargo, se equivocaba. No había ido muy lejos cuando vio que el fantasma de Mary se acercaba a ella. No vio al fantasma del señor Thompson y se dio cuenta de que Mary parecía más triste que de costumbre. Tal vez el Sr. Thompson había seguido adelante, mientras que Mary todavía tenía asuntos pendientes.

"Mary, ¿vas a ayudar hoy? Si me ayudas, puedo ayudarte a estar en paz".

Miró al fantasma, que le hizo una mueca suplicante y luego desapareció. Sarah se echó la pala al hombro y empezó a caminar hacia el lago.

Hacía buen tiempo en el lago y Sarah decidió darse un baño. Sacó el bote y puso la ropa a su lado. Buddy había decidido quedarse en tierra hoy. Cuando ella le indicó que se subiera a la barca, se limitó a aullar y salir corriendo.

Sarah se metió en el agua. Era refrescante después de estar un rato en la barca al sol. Se preguntó qué profundidad tendría el lago. Era buena nadadora, pero no creía que fuera capaz de sumergirse hasta el fondo. Era oscuro y profundo, con hilos de maleza que se extendían hacia arriba.

Era como si algo la empujara hacia las oscuras profundidades del lago para investigar. Por un momento, se sintió segura de que la clave de lo que buscaba estaba allí, en las profundidades oscuras.

Sarah permaneció unos instantes en el agua, intentando decidir qué hacer. No había nadie cerca que pudiera ayudarla a salir a la superficie si se metía en problemas. Después de lo sucedido el otro día, también se sentía recelosa. Aún no sabía cómo había llegado a la orilla.

No vio a María y, tras unos instantes, decidió sumergirse. El agua estaba fría y le arrastraba las extremidades. Cuando Sarah miró hacia arriba, aún podía ver luz sobre ella. Sintió que debía volver al barco, pero por alguna razón se sintió obligada a sumergirse aún más.

En el fondo del lago podía ver huesos blancos que brillaban. Cerca de ella había un cráneo humano y lo cogió. Cuando trató de retirarlo, el objeto pesaba demasiado y no pudo levantarlo. La empujó, pero se dio cuenta de que tenía los dedos atrapados en la boca, casi como si quisiera arrancárselos de un mordisco. Presa del pánico, empezó a nadar hacia arriba mientras el pesado objeto seguía tirando de ella. Sus pulmones parecían a punto de estallar. Consiguió moverse un poco antes de que la empujaran de nuevo hacia abajo. Sarah luchó contra el cráneo, pero entonces vio la cara de Mary flotando ante ella. Mary parecía triste. Sarah abrió la boca y el agua empezó a inundar sus pulmones.

De repente, la presión sobre su mano desapareció y fue empujada desde abajo. Sarah se sobresaltó y cerró la boca. Miró hacia abajo y vio que Mary la empujaba. Cuando se acercaron a la superficie, Mary desapareció y Sarah tuvo que nadar sola el resto del trayecto. Estaba débil, pero consiguió subir al bote, donde empezó a toser agua. Se colgó de la borda y vio a Buddy correr arriba y abajo, ladrando como un loco en la orilla.

Cuando se sintió un poco mejor, Sarah empezó a remar de vuelta a la orilla. Empezó a temblar cuando puso los pies en la arena. Buddy corrió hacia ella y empezó a lamerle las manos.

Iba a tener que encontrar la manera de sacar los huesos de Mary del lago. Parecía más fácil decirlo que hacerlo. Estaba convencida de que el espíritu de la niña podría pasar al otro lado si conseguía darle un entierro decente. Sarah regresó a su casa con la pala al hombro y Buddy corriendo tras ella.

El resto del día y la noche transcurrieron tranquilos. Probablemente fue lo más tranquilo que había estado desde que se mudó aquí. Sarah se dedicó a leer y a jugar con Buddy. Cocinó un estofado y contestó algunos correos electrónicos y mensajes de texto que no había tenido tiempo de responder. Varias amigas le comentaron que habían leído la entrevista de Josh en la prensa y que esperaban que por fin hubiera terminado con él y le fuera bien sola.

La noche tranquila la hizo sentirse más en paz. Así era como quería que fuera su vida cuando se mudó aquí. Sin embargo, no podía evitar la sensación de que sólo era la calma que precede a la tormenta.

Capítulo 9: Encontrado

Los tres días siguientes fueron tranquilos, hasta que tuvo que conducir hasta la ciudad porque se le volvían a acabar las provisiones. También le apetecía salir y ver a otras personas, aunque sólo fuera al viejo Sr. McKenzie en la tienda. Tal vez podría obtener de él información más interesante sobre la zona. De vez en cuando iba a tomar el té con los Johnson, pero habían estado muy callados desde la muerte del señor Thompson. Tampoco le apetecía molestarles y convertirse en una posible molestia.

Se tomó un tiempo para seguir trabajando en su libro; al fin y al cabo, ésa era la verdadera razón por la que había venido. Quería pasar más tiempo escribiendo en un entorno tranquilo.

Cuando entró en la tienda, le sorprendió el cambio de aspecto del Sr. McKenzie. Parecía mucho más viejo y como si sintiera lástima de sí mismo. Vio que tenía una mano escayolada y moratones en la cara.

"Oh querido, Sr. McKenzie, ¿no me diga que usted también fue atacado? Probablemente ha oído hablar del Sr. Thompson en el bosque. La pobre alma fue brutalmente asesinada. Pensaba que cosas así no pasaban en este lado del mundo".

El pobre Sr. McKenzie apenas podía hablar cuando respondió. Vio marcas de dedos en la garganta del anciano donde había sido estrangulado.

"Fue un atracador que me agarró justo antes de que pudiera entrar en mi casa. El tonto no es de aquí, nunca había visto su fea cara. Es triste,

¿verdad? ¿En qué se está convirtiendo el mundo? No hay respeto por los demás, es cada uno para sí mismo. Por desgracia, soy demasiado viejo para luchar ahora, con todos mis problemas de salud y todo. Si hubiera sido más joven, podría haberle dado una lección".

Después de desearle al Sr. McKenzie una pronta recuperación, Sarah cogió su compra y se dirigió a su coche. Estaría bien quedar con alguien para tomar un café y un trozo de tarta en algún sitio, pero la ciudad estaba tan tranquila como siempre.

Cuando salió del pueblo, vio un coche detrás de ella, el primero que veía en mucho tiempo. Observó el coche, pero los cristales estaban tintados y no pudo determinar si era un hombre o una mujer quien lo conducía. Tomó otro desvío y desapareció de su vista.

Buddy ladró al coche, y ella pensó que tal vez él también estaba deseando compañía. Quizá había llegado el momento de tener otro perro, que pudiera ser un compañero para Buddy, pero también una seguridad adicional. A Sarah siempre le habían gustado los Schnauzer gigantes, ya que eran fáciles de adiestrar y excelentes compañeros.

"¿Qué dices, Buddy? ¿Necesitas un hermano o una hermana?".

Buddy ladró y le movió la cola.

"Oye, no te emociones todavía. Primero tengo que investigar un poco. Puede que tengamos que conducir mucho para encontrarte un hermano".

***

Cuando llegó a casa, sintió una presencia. ¿Era Mary o su padre? ¿O posiblemente ambos? Realmente esperaba que el Sr. Thompson al menos hubiera seguido adelante. Todo estaba como lo había dejado. Su casa estaba cerrada con llave y todas las ventanas cerradas.

Buddy olfateó y luego le ladró. No parecía querer moverse del sitio donde estaba. Se acercó a él y vio dos huellas en el suelo, cerca de la puerta principal. Las huellas eran bastante grandes y parecían haber sido dejadas por las zapatillas de correr de un hombre. Posiblemente las huellas del Sr. Johnson. Tenía los pies bastante grandes y el único calzado que ella le había visto eran zapatillas de correr.

Entró a guardar la compra y volvió a salir para pensar y ver correr a Buddy. Sarah pensó que debía haber una forma de llevar los restos de Mary a la superficie del lago sin ahogarse en el proceso. No entendía qué le impedía cumplir su objetivo. ¿Era el hecho de que nunca hubieran capturado al asesino? Sarah se estremeció. Ella no tenía la capacidad de atrapar a un asesino. Si tan sólo hubiera visto la cara del hombre que había matado al Sr. Thompson, ya que era claramente el mismo hombre que también había asesinado a su hija. Sentía como si algún tipo de energía maligna estuviera impidiendo que los espíritus alcanzaran la paz. La energía maligna había profanado la naturaleza y los mantenía atrapados aquí. Sarah sonrió irónicamente al pensar en lo que Louise diría de su fértil imaginación. Decidió dar otro paseo con Buddy para despejar la mente.

Su intención era no alejarse demasiado de la casa, pero antes de que se diera cuenta, ya habían vuelto a pasar el lago. Se sentía relajada y empezó a explorar el bello entorno natural que la rodeaba cuando, de repente, Buddy empezó a ladrar. Al principio lo ignoró porque sonaba como su ladrido normal y parlanchín. Sarah siguió oliendo las flores silvestres que había recogido y no se dio la vuelta lo suficientemente rápido cuando oyó los pasos detrás de ella. Sintió dolor en la pierna antes de verlo.

Josh estaba allí de pie, con una sonrisa rictus en la cara. Llevaba una pistola en la mano.

Capítulo 10: Josh

"¿Qué?

Estaba demasiado sorprendida para decir algo coherente antes de que el dolor la golpeara.

"Tú... tú me disparaste".

Él le sonrió. Ella no lo habría creído antes, que él fuera capaz de algo así. Habría esperado una bofetada o una patada, pero nunca que estuviera tan loco como para usar una pistola contra ella.

"¿De verdad creías que ibas a escapar de mí? ¿Que te dejaría marchar sin más, con todo el dinero que me debes?".

Se quedó atónita. Él seguía apuntándola con la pistola, pero el dolor abrumaba sus sentidos y tuvo que sentarse. Se sentó en la hierba y se miró el agujero de la pierna mientras él seguía apuntándole a la cabeza con la pistola. Se dio cuenta de que no era grave, sino más bien una herida superficial, pero no iba a decírselo. Estaba sangrando profusamente, y ella planeaba usar eso a su favor.

"Eso te enseñará. Si acabas muriendo, será por tu culpa. ¿En qué estabas pensando, que podías dejarme así como así? Me tiraste como si fuera un viejo pedazo de basura".

Ella ignoró su burla. Sarah se arrancó un trozo de camisa y se lo puso alrededor de la pierna. Josh se quedó mirándola, sin decir nada. Pudo ver que le temblaba la mano. Incluso con una pistola, seguía siendo un cobarde.

"¿Qué quieres decir con el dinero que te debo, Josh? Que yo sepa, no te debo nada".

Josh se rió.

"Claro, eso es lo que tú dirías. Me ayudaste a pagar la casa y las facturas, pero tú ganas mucho más que yo. Eres el autor prometedor que cada vez será más famoso y más rico. Me lo debes por los años que hemos estado juntos. Hice sacrificios, sabes. Todas esas fiestas a las que tuve que asistir sola, mientras tú estabas en casa, escribiendo. Me hacías quedar mal delante de mis amigos. Escribir siempre fue más importante para ti que yo. Cuando la gente me preguntaba dónde estaba mi novia, tú estabas tecleando en tu portátil o metido con la nariz en un libro".

Le habría hecho gracia si su vida no hubiera estado en peligro. ¿De verdad había estado con un hombre tan ridículo durante tanto tiempo? Sin embargo, le había tenido tanto miedo, tanto como para huir y esconderse, como un ladrón en la noche. Sin embargo, comprendió que seguía en peligro.

"¿Dónde se ha metido tu estúpido perro? Estaba ahí, ladrándome, y ahora ha huido a alguna parte. Si lo vuelvo a ver, le meteré una bala en el cerebro. Nunca pude soportar a ese chucho. Casi me hace pedazos, y a usted ni siquiera le importó, Srta. Goody Two-Shoes".

Sarah trató de incorporarse mientras se agarraba al árbol. Sabía lo mucho que Buddy significaba para ella, y con el humor que tenía en ese momento, haría cualquier cosa para hacerle daño.

"En serio, Josh, ¿qué quieres de mí? ¿Estás aquí para matarme? ¿Crees que no sabrían que fuiste tú? Incluso ahora, has llevado las cosas demasiado lejos. Esto ya es intento de asesinato. No lo has pensado bien, ¿verdad?".

Por un momento, él pareció sorprendido, y ella esperó que soltara la pistola. Sin embargo, no lo hizo.

"Quiero que... quiero que me aceptes de vuelta o que firmes un acuerdo para pagarme una parte de tus ganancias, en adelante. Como una pensión alimenticia. Entonces te dejaré en paz. Si firmas los papeles, no volverás a saber de mí".

Sarah frunció el ceño.

"Pero Josh, nunca hemos estado casados, y tú tienes un trabajo bien pagado. Ni siquiera tenemos hijos".

Él se estremeció cuando ella dijo eso, y ella vio otra oportunidad para debilitarlo.

"Oh, Josh... no perdiste tu trabajo, ¿verdad? Siempre te he dicho que tengas cuidado con lo que dices a tu jefa. Ella no es..."

Josh gritó de repente y lanzó un disparo al aire. Se dio cuenta de que había llevado las cosas demasiado lejos. Había abierto una herida que acababa de empezar a cicatrizar.

"¡Cállate, mujer! O te mato aquí mismo, en el acto".

Sarah levantó las manos en señal de rendición.

"Vale, vale... Lo siento. ¿Has traído el papeleo que quieres que firme? Volvamos a mi casa".

Josh la miró con el ceño fruncido.

"Entonces, ¿no estás dispuesta a llevarme de vuelta?".

Sarah suspiró. Josh estaba destruyendo sus ganas de vivir. Tenía una habilidad única para hacerlo.

"Josh, acabas de dispararme. Las cosas no iban bien entre nosotros desde hace mucho tiempo. Si te hace feliz dejarme atrás, y salir y crearte una nueva vida, firmaré tus papeles".

Ella podía ver por la expresión en la cara de Josh que no confiaba en sus intenciones.

"Bien, de acuerdo entonces. ¿Puedes andar? ¿Tengo que darte mi brazo?"

Al principio, ella quiso negarse, pero luego pensó que era poco probable que le disparara, siempre y cuando ella estuviera de acuerdo con lo que él quería. Se agarró al hombro de Josh y regresaron a su casa dando tumbos.

Aún no había rastro de Buddy, lo que la preocupaba. Rezó para que se encontraran con el Sr. Johnson por el camino, pero no fue así.

Cuando llegaron a la casa, Josh sonrió, como si le estuviera haciendo el favor más grande del mundo.

"Mira, todo irá bien, siempre y cuando hagas lo que te digo. No hay razón para que nadie salga herido. Dame las llaves".

Le tembló la mano cuando sacó las llaves del bolsillo y se las dio. La ayudó a entrar y cerró la puerta tras ellos. Ella se sentó en el sofá y él le entregó el contrato.

Estaba esperanzada de poder terminar con la situación a su favor hasta que empezó a leerlo. Los papeles que le entregó no tenían sentido, pero no podía decírselo. A medida que pasaba las páginas, se dio cuenta de que era una completa tontería que él mismo había escrito. Pensó que debía firmarlo para librarse de él, pero le preocupaba su estado de ánimo. ¿Y si decidía volver a apuntarla? Todo el documento parecía escrito por alguien que había perdido la cabeza.

Sonrió. "Esto me parece, ah, razonable. Entonces, ¿puedo firmar aquí al final, Josh?"

Josh frunció el ceño. "¿Cómo sé que puedo confiar en ti? ¿Vas a ir a la policía por lo de tu pierna?".

Ella negó con la cabeza. "No. Quiero decir que estuvimos juntos mucho tiempo, Josh. Creo que ambos necesitamos pasar a un lugar más feliz en nuestras vidas. No tengo malos sentimientos hacia ti".

Josh parecía querer sonreír, pero luego frunció el ceño. "¿Dónde está ese perro tuyo? No me fío".

Ella sintió como si quisiera gritar, pero sabía que tenía que seguir jugando su juego. "Buddy está jugando en alguna parte. Le encanta explorar. Volverá, siempre lo hace".

Ella pensó que Josh finalmente bajaría el arma, pero él caminó hacia la puerta. "Sólo voy a ver a ese perro. Algo no está bien aquí. Estás tratando de estafarme, de alguna manera. Ha sido demasiado fácil hacerte firmar ese formulario".

Ella quiso protestar y decirle que le había estado apuntando con una pistola a la cabeza, así que qué esperaba, pero consiguió callarse.

Josh abrió la puerta principal y salió. Todo estuvo tranquilo durante unos dos minutos, y luego se desató el infierno.

Capítulo 11: El combate

Sarah oyó gritar a Josh, que disparó la pistola. El pánico se apoderó de ella y cojeó hasta la puerta, segura de que encontraría a Buddy muerto fuera. En lugar de eso, encontró a Josh sujetando a alguien con una llave en la cabeza, a quien empujó contra un árbol. Aún tenía la pistola en la mano y volvió a disparar. El otro hombre gruñó al recibir el impacto en el brazo.

El hombre pesaba más que Josh y parecía mayor. Para su horror, vio que era Gerald McKenzie, de la tienda del pueblo. Estaba a punto de gritarle a Josh que se detuviera cuando el fantasma de Mary apareció a su lado. Su rostro estaba muy triste y señaló al señor McKenzie, que seguía intentando escapar de las garras de Josh.

El anciano era increíblemente fuerte para su edad. Tiró a Josh al suelo y lo inmovilizó allí. La pistola se le cayó de la mano a Josh y cayó cerca de ella en el suelo. Sarah alargó la mano y la cogió. El fantasma de Mary seguía junto a ella, y ahora también podía ver al padre de Mary.

El Sr. McKenzie aún tenía a Josh inmovilizado en el suelo, pero miró brevemente en su dirección. Sus ojos se abrieron de par en par y ella se dio cuenta de que podía ver a los fantasmas. Volvió su mirada hacia Sarah, y sus ojos estaban llenos de odio.

"¡Tú! Sé que te contaron lo que hice. Los maté a los dos y me obligaron a hacerlo. Ahora estaré condenado para siempre al infierno, por culpa de ellos. Por eso vine aquí, para matarte a ti también antes de que pudieras ir a la policía. Enterraré tu cuerpo aquí antes de que alguien pueda encontrarlo. "

Sarah retrocedió unos pasos. Necesitaba alejarse de ellos y encerrarse en casa, pero aún no sabía qué había hecho Josh con la llave. Sus ojos buscaron frenéticamente en el suelo delante de ella.

McKenzie la alcanzó, pero entonces Josh le dio un fuerte golpe en la cabeza. Cayó, y Josh fue a colocarse sobre él, presionando con el pie en el pecho del hombre.

Sarah vio caer las llaves del bolsillo de Josh y saltó para cogerlas. Sin embargo, Josh vio sus intenciones y también las alcanzó. Sarah consiguió quitárselas de las manos y se las metió en el bolsillo. Josh se dio cuenta de su error demasiado tarde, ya que McKenzie le agarró de las piernas y tiró de él hacia atrás. Cayó con fuerza y se golpeó la cabeza contra el árbol.

Mientras Sarah corría hacia la casa, vio a Buddy salir corriendo de entre los árboles. Tenía miedo de que se sintiera atraído por los combatientes, pero pasó corriendo junto a ellos y entró en la casa. Corrió tras él y cerró la puerta tras ellos.

Se dio cuenta de que los hombres podían romper las ventanas, pero se retrasarían. Sarah encontró su teléfono móvil y pulsó el número del Sr. Johnson. Él contestó casi inmediatamente.

"Hola, querida, ¿nos estás buscando? Vinimos al pueblo a hacer unas compras, pero ahora la tienda de comestibles está cerrada, ¿puedes creerlo?".

Sarah le explicó lo que estaba pasando y que necesitaba su ayuda. El Sr. Johnson le aseguró que llegarían lo antes posible y que se quedara encerrada dentro con su perro. También le dijo que no dudara en usar la pistola si tenía que hacerlo.

Sarah se sentó junto a la ventana y esperó, con Buddy a su lado. El vendaje de su pierna se estaba empapando de sangre.

Fuera de su casa, la lucha continuaba. También podía ver a los dos fantasmas, padre e hija, que aparecían y desaparecían cerca de los dos luchadores. Era casi como si estuvieran observando el combate con tanta expectación como ella misma.

Parecía que Josh le había roto la nariz al Sr. McKenzie, pero era tan brutal como siempre. Golpeó a Josh en la boca con uno de sus grandes puños, y ella vio una erupción de sangre, así como los dientes de la boca de Josh. Sarah se estremeció, pero Josh gritó, y esta herida pareció enfurecerlo más que nunca. Enloquecido por la ira, saltó sobre el viejo McKenzie y le dio un cabezazo. El Sr. McKenzie se tambaleó, y por un momento ella pensó que iba a caer, pero se las arregló para mantener el equilibrio.

Se preguntó por qué luchaba Josh. Seguramente no por ella, o para salvar su vida, ya que casi la había matado él mismo. Josh tenía un carácter horrible, y supuso que McKenzie podría haberle enfadado tanto al atacarle primero que sólo estaba luchando para vengar su propio ego. Josh no soportaba perder con nadie. Siempre tenía razón, y tenía que ganar cualquier forma de competición. Ella pensaba que era casi como un tipo de furia al volante. Sarah le había visto una vez casi golpear a un hombre que había girado delante de ellos en la carretera.

Tenía que ganar a toda costa y no podía permitir que nadie le dominara. Cuando recordaba su vida juntos, cada vez se daba más cuenta de que Josh nunca se había preocupado por nadie más que por sí mismo. Ella había pensado en él como un cobarde, pero aquí estaba demostrando que tenía algo de agallas después de todo. Al menos se defendería a sí mismo.

El Sr. McKenzie tenía un ojo morado, pero el horrible anciano seguía lleno de vida y dispuesto a seguir luchando. Ni siquiera su mano herida, con la que probablemente había matado al Sr. Thompson, le frenaba. La mano estaba escayolada, y estaba clavando la dureza extra en la cara de Josh. Él era sólo una versión más vieja, y ligeramente peor, de Josh.

Josh estaba recibiendo una paliza, pero ella descubrió que no le importaba. McKenzie todavía estaba en una condición marginalmente mejor. Cuanto más se odiaran entre ellos, menos problemas serían para ella o para los Johnson.

Deseaba que los Johnson estuvieran aquí, pero se dio cuenta de que tardarían en volver. Sarah sólo esperaba que los dos luchadores siguieran concentrados el uno en el otro durante ese tiempo y no dirigieran su atención hacia ella. Con un poco de suerte, cuando los Johnson llegaran a su casa, ya se les habría pasado el enfado.

Acababa de pensar en eso cuando la ventana delantera tembló bajo el peso de Josh cuando Gerald McKenzie lo arrojó contra ella. Buddy ladró histéricamente mientras Josh parecía rebotar y rodar por el suelo. Sarah no podía respirar. Resollaba de ansiedad, pero la ventana aguantó. Si los dos desequilibrados lograban entrar en la casa, ella estaría en serios problemas. Afortunadamente, las ventanas parecían fuertes, pero también se dio cuenta de que no podrían resistir ataques repetidos. Por la forma en que los dos hombres seguían luchando, se preguntó si alguno de ellos, o ambos, habían tomado drogas. Sus umbrales de dolor parecían increíblemente altos mientras seguían golpeándose sin piedad. Ella había sospechado antes que Josh podría estar tomando drogas a veces, pero nunca pudo encontrar ninguna prueba excepto su comportamiento cada vez más violento. Desde luego, no quería tener una relación duradera con un drogadicto abusivo.

Los fantasmas habían desaparecido. La violencia era demasiado para ellos. Sarah no sabía si debía reír o llorar. Por cómo iban las cosas, pensó que uno de los hombres, o los dos, acabarían muertos.

McKenzie parecía ir más despacio y pensó que, después de todo, la juventud podría ganar a la edad. Se había caído, y Josh le estaba dando patadas en la cabeza. Sin embargo, el anciano hizo un regreso agarrando las piernas de Josh y tirando de él hacia abajo. Josh cayó, y ella vio una terrible mirada de furia en la cara magullada de McKenzie. Se preguntó brevemente si el viejo había sido luchador en su juventud.

Se levantó y tomó la cabeza de Josh entre sus manos. El corazón de Sarah latió más rápido al ver que Josh estaba demasiado cansado para seguir luchando. McKenzie era como una bestia indestructible.

McKenzie retorció la cabeza de Josh en su cuello, y ella pensó que él lo torcería derecho del cuerpo de Josh con su fuerza inmensa. No pudo oír el sonido de su cuello rompiéndose, pero al instante supo que Josh estaba muerto. Cayó al suelo como un muñeco de trapo.

Sarah estaba completamente conmocionada, con la mente embotada, pero sabía que ella sería el próximo objetivo y que tendría que reaccionar. Después de todo, McKenzie había admitido que había venido con el propósito de matarla.

Aunque McKenzie había ganado la pelea, también pudo ver que había resultado gravemente herido. El hombre apenas podía mantenerse en pie, pero aun así, llegó dando tumbos a su casa. Sarah cogió la pistola de Josh y rezó para que quedaran suficientes balas.

Ella reaccionaría cuando McKenzie reaccionara. Mientras estuviera en la casa con Buddy, lejos de él, estaba a salvo. Sus verdaderos problemas empezarían cuando él encontrara una forma de entrar en la casa.

McKenzie era como un toro que había visto rojo. Sarah empezaba a sentirse como la madre y el hijo que estaban atrapados en su coche en la novela Cujo de Stephen King mientras eran acechados por el perro enloquecido.

Mckenzie se paseaba por la casa, mirándola fijamente. Sintió que intentaba intimidarla. Mostró los dientes y ella le enseñó la pistola. Ella esperaba que asaltara la casa e intentara tirar las ventanas o la puerta, pero en lugar de eso, desapareció de su vista.

El fantasma de Mary apareció por un momento y la miró con cara triste. Sarah quiso acercarse a la ventana para ver lo que hacía McKenzie, pero sabía que se pondría en peligro.

En lugar de eso, se paseó arriba y abajo por el salón, mientras Buddy correteaba a sus pies y ladraba. Pudo ver a McKenzie volviendo a la casa, sonriendo a través de la sangre que le cubría la cara. Sarah pensó que si sobrevivía a aquel día, tendría pesadillas el resto de su vida. McKenzie señalaba algo que llevaba en las manos. Estaba amontonando piedras, incluso grandes rocas, junto a la ventana del salón. Esto no iba a terminar bien, posiblemente para ambos.

Cuando tuvo un montón delante, se apartó para admirar su obra. Sarah empuñó la pistola y se dirigió a la cocina. Buddy la siguió y ella cerró la puerta tras ellos.

En ese momento, oyó el primer impacto de una piedra contra la ventana. No la atravesó, todavía no. Sarah se colocó detrás de la puerta de la cocina, apuntando con la pistola. Oyó más golpes y cristales romperse mientras él derribaba las ventanas. Sarah oyó abrirse la puerta principal. McKenzie debió de meter el brazo por la ventana y abrirla desde dentro.

Sabía que tenía que acabar con él antes de que volvieran los Johnson. No podía arriesgarlos a ellos también. Oyó un ruido extraño mientras se movía por la casa. Estaba silbando o cantando alguna canción extraña para sí mismo. El hombre estaba completamente loco.

"¡Hola! Niña, ¿dónde estás? No me tengas miedo, te enviaré con tus amigos. Juntos, podréis rondar este bosque para siempre".

Buddy ladró. Aunque en realidad no importaba; la cocina era la última habitación donde no había mirado, así que se habría dirigido hacia allí a continuación de todos modos. Pensó que probablemente él había sabido desde el principio que ella estaba allí, pero quería que sufriera más tiempo.

McKenzie abrió la puerta de la cocina de una patada. Buddy voló hacia él, y mientras levantaba la piedra para estrellarla contra la cabeza del perro, Sarah le disparó entre los ojos. Una pequeña bala acabó con el monstruo. Sus ojos se abrieron de par en par y pareció que intentaba parpadear antes de caer de espaldas, muerto. O al menos, eso esperaba ella.

Buddy atacó al hombre caído agarrándolo por la pernera del pantalón, zarandeándolo y gruñendo. Sarah, temblorosa, intentó respirar hondo para calmarse. No funcionó muy bien, pero pensó que no tenía sentido derrumbarse cuando ya había pasado el peligro. Se inclinó sobre Buddy y le dio unas palmaditas en la cabeza que parecieron calmarlo. Dejó de zarandear a McKenzie por la pernera del pantalón, se subió encima de él y desapareció de la casa.

Sarah se arrodilló junto al señor McKenzie. Sus ojos abiertos miraban al frente, a la nada. Le puso la mano en el pecho. Sin duda estaba muerto. El fantasma de Mary apareció durante unos instantes y a Sarah le pareció que sonreía. Sarah le devolvió la sonrisa y Mary desapareció. Durante unos instantes, Sarah pensó que vería el fantasma de McKenzie, pero no fue así. Se imaginó que se lo llevaban directamente al infierno, y fue satisfactorio.

Pasó por encima de su cuerpo y caminó por la casa. Había hecho un buen trabajo destruyendo la casa. Había roto casi todas las ventanas y había arrancado la puerta de su marco.

Salió, no quería ver el cuerpo de Josh, pero no pudo evitarlo. Muerto, parecía un muñeco de trapo destrozado. Tenía la cara morada y azul.

Sintió que las lágrimas le corrían por las mejillas, pero no eran de tristeza, sino de alivio por haberse librado para siempre de su tóxica presencia. No permitiría que la persiguiera; por fin había acabado con él para siempre.

Sarah se sentó junto al cuerpo de Josh a esperar a los Johnson. Cuando Buddy salió corriendo de entre los árboles, se acurrucó junto a ella.

Capítulo 12: Los cuerpos

Sería un eufemismo decir que la respuesta de los Johnson ante los dos cadáveres fue dramática.

Los Johnson llegaron conduciendo hasta la casa de Sarah tan deprisa que casi estrellan el coche contra el árbol bajo el que yacía el cuerpo de Josh. El señor Johnson salió a trompicones del coche con una escopeta en las manos. Un poco divertida, Sarah se preguntó si siempre conducía con una escopeta en el coche.

La señora Johnson saltó del otro lado y corrió directamente al lado de Sarah. Estaba claro que no les preocupaba ningún posible asaltante que pudiera estar por allí.

"¡Cariño! ¡Tu pierna! Deja que te la mire. Solía ser enfermera".

La Sra. Johnson se sentó junto a Sarah y empezó a desenvolverle la pierna. El Sr. Johnson vino y se paró al lado de Josh con su escopeta apuntando al cadáver.

"¿Está muerto? ¿Dónde está el otro? ¿Se ha escapado?"

Sarah asintió.

"Está muerto. El otro está en la cocina. También está muerto".

El señor Johnson entró en la casa, apuntando con la escopeta, por si acaso.

"¡Caramba! Hicieron un número en tu casa".

El Sr. Johnson desapareció en el interior. La Sra. Johnson le dio unas palmaditas en la pierna.

"Al menos has dejado de sangrar. Tengo un botiquín de primeros auxilios en el coche. Cuando mi marido dé el visto bueno, podemos entrar en casa y te curaré".

El Sr. Johnson gritó desde la casa.

"¡Este también está definitivamente muerto! Dios mío, Amelia, no vas a creer quién es. Explica por qué la tienda de comestibles está cerrada".

La Sra. Johnson entró en la casa y Sarah la oyó chillar.

"¡McKenzie! El viejo tonto. Siempre supe que algo no iba bien con él. Siempre me miraba raro, de una manera espeluznante".

Los Johnson salieron de la casa. El Sr. Johnson suspiró y miró hacia el patio.

"Bueno, es un buen lío lo que tenemos aquí. ¿Por qué estaba McKenzie aquí? ¿Por qué intentaría matarte? Nunca me gustó mucho el hombre, pero es una situación extraña la que tenemos aquí".

Amelia Johnson miró a su marido con el ceño fruncido.

"Podemos escuchar la historia mientras le curamos la pierna. Todavía sangra un poco. Ayudadme a meterla en casa".

Los Johnson la ayudaron a entrar en la casa entre los dos. La señora Johnson le curó la pierna rápidamente; como había sospechado, la bala la había atravesado y no había daños graves. Sarah contó su historia mientras trabajaban en su pierna, estremeciéndose de vez en cuando.

Amelia Johnson lloró cuando le contó cómo el señor Thompson y su hija habían encontrado la muerte a manos de Gerald McKenzie.

"Ese pobre viejo, y la niña, asesinados hace tantos años. Qué horrible es que tu hijo desaparezca y nunca sepas con certeza qué le ocurrió. Gerald McKenzie se merecía lo que le pasó al final. Con suerte, el viejo loco se fue directo al infierno".

El Sr. Johnson se puso de pie con los brazos cruzados sobre el pecho.

"Ahora, la pregunta es, ¿cómo nos ocupamos de los cuerpos?".

La Sra. Johnson se levantó.

"Voy a prepararnos café en la cocina. ¿Tomas azúcar, querida?".

Sarah asintió. Estaba agradecida de que los Johnson siguieran aquí. Ahora que le habían desinfectado y vendado la pierna, empezaba a sentir dolor. Cada vez que intentaba moverse, un dolor agudo se disparaba en su pierna.

La Sra. Johnson volvió con los cafés.

"Tenemos que llamar a la policía. Se llevarán los cuerpos".

Sarah asintió, pero el señor Johnson frunció el ceño.

"Amelia, no sé si es la mejor idea. Josh ha estado diciendo cosas horribles sobre Sarah a los medios de comunicación. La ha hecho parecer bastante desequilibrada. Sería sospechoso que ahora apareciera muerto. Y McKenzie... Siempre ha sido sospechoso de ciertas cosas. He oído a la gente llamarlo pervertido. Pero la policía pondrá este lugar patas arriba si encuentran una escena como esta. No creo que ninguno de nosotros quiera eso. Sarah ya ha sufrido bastante estrés".

La señora Johnson le ofreció una taza a Sarah.

"Entonces, ¿qué estás diciendo exactamente? Empiezo a sentirme un poco incómoda".

El Sr. Johnson se levantó y empezó a pasearse por el suelo del salón. Tuvo cuidado de pasar por encima de los grandes trozos de cristal.

"Los enterramos aquí, en el bosque. Conozco un lugar donde nadie los encontrará jamás. La policía ni siquiera buscará allí; el bosque, después de todo, tiene fama de estar embrujado".

La señora Johnson miró a su marido y se estremeció.

"Normalmente no estaría de acuerdo con algo así, pero va a ser bastante difícil explicar lo que pasó aquí. La gente se preguntará qué le pasó a McKenzie, pero al final a nadie le importará, o al menos no por mucho tiempo. Oí a alguien decir el otro día en el té de las señoras que solía pegar a su mujer hasta que ella acabó huyendo. Un hombre despreciable".

El señor Johnson sonrió.

"Está decidido entonces. Me llevaré primero al más joven. El viejo

McKenzie va a ser un trabajo pesado y medio".

Sarah observó cómo salía y pinchaba el cadáver de Josh con el zapato. Se agachó y levantó el cuerpo por encima del hombro. Sarah y la señora Johnson vieron cómo desaparecía en el bosque.

Hablaron mientras tomaban café y galletas. Parecía tan surrealista, teniendo en cuenta lo que estaba ocurriendo a su alrededor. La señora Johnson le dijo que, aunque sería difícil, debía intentar dejar atrás lo ocurrido y seguir adelante con su vida.

Sarah asintió, pero al mismo tiempo no podía dejar de pensar en lo difícil que iba a ser.

El Sr. Johnson regresó al cabo de una hora. Parecía cansado y sucio.

"Uf, lo he conseguido, pero el suelo era más duro de lo que esperaba. Amelia, ven a echarme una mano para subir al viejo a mi espalda. Pesa como un saco de patatas".

Los Johnson forcejearon con el cuerpo de McKenzie, pero al final consiguieron levantarlo. El Sr. Johnson parecía inestable mientras se alejaba con el cadáver, pero pronto consiguió estabilizarse. Se quejó.

"Uf, el viejo pesa mucho".

Esta vez, el Sr. Johnson permaneció alejado mucho más tiempo. La señora Johnson empezaba a preocuparse, porque estaba oscureciendo y aún no había ni rastro de él.

Entonces, cuando ya era casi de noche, lo vieron salir caminando del bosque.

La Sra. Johnson salió corriendo al encuentro de su marido y lo abrazó. Entraron juntos en la casa.

"¿Por qué has tardado tanto, querida?".

El Sr. Johnson se sentó mientras su mujer le ofrecía una taza de café caliente. Jadeaba.

"Tuve que deshacerme del coche, querida. Creo que pertenecía al hombre más joven; el viejo McKenzie probablemente se fue por el bosque. Creo que no vive muy lejos de ellos. Conocía el bosque como la palma de su mano. Conduje el coche hasta el otro lado del bosque y lo dejé allí, en la parte abandonada. Lo limpié en busca de mis huellas; espero haber sido minucioso. Por eso tardé tanto, tuve que volver andando. Pero ya está hecho. Lo hemos manejado de la mejor manera posible. Esperemos haber terminado para siempre con esta gente desagradable".

La Sra. Johnson besó a su marido y Sarah lo abrazó.

"Ven querida, tendrás que quedarte con nosotros esta noche. Te ayudaremos a arreglar tu casa por la mañana. Por suerte siempre guardamos vidrio y madera de sobra, así que podremos arreglarlo todo. Mi marido es un manitas brillante; dejará esta casa como nueva".

Sarah agradeció que la ayudaran a subir al coche y convenció a Buddy para que subiera con ellos. Aquella noche fue la que mejor durmió en mucho tiempo.

Capítulo 13: Final

Al final del día siguiente, su casa tenía mejor aspecto que antes. No podía creer la rapidez y eficacia con que trabajaba el Sr. Johnson. Silbaba mientras trabajaba y de vez en cuando cantaba. Su mujer vino con él para cuidar de Sarah y hacerle compañía.

Amelia Johnson horneaba biscotes y galletas mientras hablaba sin parar. Resultó ser una excelente panadera. También cocinó sopa y un estofado, que puso en el congelador de Sarah.

"Querida, necesitas algo de carne en los huesos y no deberías saltarte ninguna comida. Siempre es útil disponer de comida rápida y fácil que puedas calentar rápidamente. Y es útil tener algunos tentempiés cerca cuando tienes hambre pero no tienes tiempo de preparar nada".

Cuando el Sr. Johnson terminó y los Johnson indicaron que querían irse a casa, Sarah les dio las gracias profusamente y les prometió que los visitaría con regularidad. Buddy les ladró y ellos le dieron caricias de despedida en la cabeza.

Se fue a la cama aliviada, pero aun así cerró toda la casa. Sarah no llevaba mucho tiempo dormida cuando empezó a soñar. Hacía tiempo que no veía a ninguno de los fantasmas, así que no estaba segura de si seguían por allí o si se habían marchado. Caminaba por el bosque, de camino al lago, cuando Mary apareció a su lado. Mary parecía más despejada de lo que nunca la había visto. El fantasma sonreía, pero señalaba el lago. Permaneció al lado de Sarah durante el paseo, y Sarah se dio cuenta de que claramente seguía necesitándola para hacer algo.

"¿Necesitas que coja tus huesos? ¿Quieres que te entierre?".

El fantasma asintió, sonrió y desapareció. Sarah siguió durmiendo, pues era un sueño muy tranquilo. Sólo se despertó cuando el sol le daba en los ojos a la mañana siguiente.

Comió algunos de los biscotes de la señora Johnson para desayunar y le dio de desayunar a Buddy fuera mientras estaba sentada observándole. Tomó otro bizcocho y se dispuso a hacer lo que había que hacer.

Sarah fue a buscar la pala y algunas bolsas de plástico. Estaba decidida a poner a Mary a descansar de una vez. Buddy la siguió hasta el lago, pero empezó a lloriquear cuando se acercaron a la barca. Ella se agachó y le dio unas palmaditas en la cabeza.

"No te preocupes, grandullón. Sólo tenemos que hacer esta última cosa".

Hoy hacía un tiempo cálido y soleado, y ella se sentía relajada. Era un día agradable, como si nada pudiera salir mal. Instintivamente sintió que habían superado lo peor de la situación en el bosque y el pueblo. Habían derrotado al mal, pero aún quedaba lo último que había que hacer para que el bosque volviera a su estado natural.

El lago estaba claro hoy, y la turbiedad parecía haber desaparecido. No sabía si se trataba de un fenómeno natural, pero tenía la sensación de que un gran mal había desaparecido del bosque.

Sarah dirigió la barca hacia el centro del lago, donde se sumergió en las profundidades una vez más. Esta vez pudo ver claramente la calavera que brillaba bajo ella. Había algunos huesos esparcidos a su alrededor y decidió llevarse todos los que pudiera.

Desplegó la bolsa de plástico que había traído y esta vez consiguió meter el cráneo en ella. Cogió los demás huesos y nadó de vuelta a la superficie sin problemas esta vez.

Buddy parecía aliviado de verla y ladró alegremente cuando ella volvió a subir al bote. Curioso, olisqueó la bolsita de huesos que llevaba en la mano. No podía tratarse de Mary, pero esperaba que fuera suficiente para tranquilizar a la niña. Supuso que algunos de los huesos podrían haber sido arrastrados por el agua, o que el viejo loco McKenzie podría haber dejado algunos de ellos en otro lugar.

Sarah cogió los huesos y la pala y regresó a su casa. La cuestión era qué hacer con Mary. Le apetecía tener a Mary cerca de ella. Sonrió al pensar en lo extraño que le habría parecido esto antes. El bosque debía de haberla cambiado.

Mary apareció junto a ella. La niña sonreía.

"Mary, ¿te gustaría estar cerca de mí? ¿Puedo ponerte en el jardín, cerca de mi casa?".

La niña sonrió y asintió.

Sarah pensó que debía de ser el funeral más extraño de la historia, mientras la niña la observaba mientras cavaba su tumba. Colocó dentro el cráneo y los huesos. Después, colocó una cruz de madera en la tierra que había echado sobre la tumba. También pensaba plantar flores encima.

Cuando Sarah levantó la vista de su trabajo, vio una luz brillante junto al árbol de la entrada de su casa, con Mary de pie junto a ella. Mary sonrió y la saludó con la mano antes de entrar en la luz y desaparecer. Sarah le devolvió el saludo y se secó unas lágrimas.

Mientras Sarah entraba en su casa, de repente tuvo una extraña idea. Tal vez su próximo libro sería una historia de fantasmas, y no una novela romántica, como estaba acostumbrada a escribir. No sabía cómo reaccionarían sus fans, pero sentía que debía hacerlo. Dedicaría el libro a Mary y a su padre.

Sarah cerró la puerta y empezó a preparar la cena. Encendió un fuego en la chimenea y la casa se sintió cálida y acogedora. Mientras lavaba los platos, pudo ver la tumba de Mary a través de la ventana de la cocina. Sentía como si la niña formara parte de ella para siempre, aunque no la hubiera conocido en vida. Sarah sonrió y fue a dar de comer a Buddy.